BBULMEDIA

http://www.bbulmedia.com

대박인생

HIT the JACKPOT
MY LIFE

〈완결〉

6

BBULMEDIA FANTASY STORY

대박인생

HIT the JACKPOT MY LIFE

차지혁 현대 판타지 소설

뿔미디어

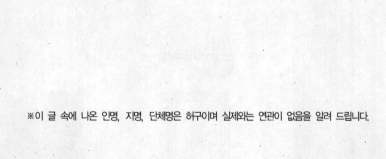

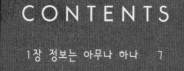

CONTENTS

1장 정보는 아무나 하나　7

2장 단장과의 만남　35

3장 놀라운 치료의 힘　63

4장 지옥에서 복귀한 별동대　89

5장 행복은 멀리 있는 것이 아니다　117

6장 악연을 정리하다　147

7장 새로운 적이 나타나다　171

8장 쓰레기는 버려야 한다　207

9장 대한회를 만들다　237

10장 공짜로 언제나 좋아　263

1장
정보는 아무나 하나

천무단의 정보부는 정치인들을 움직이기 위해 움직였지만 이미 이들은 이 실장으로부터 천무단의 실체에 대해 알게 되자 모두들 멀리 하려고 하고 있었다.

단지 천무단의 지원을 받아 검사가 된 사람들은 어쩔 수 없이 천무단의 일을 도와주고 있었지만 이들도 상부의 눈치를 볼 수밖에 없는 입장이라 그리 큰 도움은 되지 않았다.

아직 천무단의 지원을 받은 이들이 상부의 조직으로 가 있는 이들이 없어서였다.

천무단이 지원을 하기는 하지만 아직은 상층부의

인물들을 포섭하지 못하고 있었다.

물론 일부의 인물들이 있기는 하지만, 그들은 서로 협조하는 것이지 일방적인 지시를 따르는 이들이 아니었다.

그런 와중에 윤재를 따르는 이 실장이 먼저 선수를 치는 바람에 천무단의 움직임이 미리 이들에게 알려졌고, 좋지 않은 소문이 돌기 시작하자 상부에서는 천무단의 일에는 손을 대지 않으려고 하고 있었다.

검찰도 이런 정보를 얻고는 내부를 단속하고 나서게 되었다.

꽝!

"자네 천무단이라는 단체를 지원하고 있다는 이야기가 있는데 사실인가?"

"지원이 아니고 약간의 도움을 주었을 뿐입니다."

"도움을 주었다는 것이 결국은 지원을 한다는 이야기이지 않나? 자네에게 실망일세. 요즘 상부에서 내려온 지시가 천무단을 지원하는 이들이 누구인지를 파악하라는 것이네. 무슨 말인지 알겠는가?"

검찰의 한 조직에서 하는 소리였다.

상부의 지시로 천무단과 협력을 하는 검사를 모조

리 색출을 하라는 지시였지만, 직속으로 아끼는 후배를 그냥 둘 수는 없어 이렇게 말을 해 주고 있었다.

천무단에 지원을 받은 이들은 도움을 받아 문제를 해결하기는 했지만, 이들은 일부에 지나지 않았기에 천무단의 입장으로서는 엄청난 타격을 받을 수밖에 없는 입장이었다.

천무단의 지원을 받은 이들이 이렇게 내부적으로 점차적으로 밀려나고 있으니 상호 간의 협조도 힘들었고, 점차적으로 천무단과는 거리가 멀어지게 되고 있었다.

특히 천무단은 내부적으로 상당한 피해를 입었기에 외부의 이런 사실에 제대로 대처를 하지 못하고 있었다.

내부적으로 단합이 되지 않으니 외부에 힘을 쓸 수가 없었다.

무엇보다도 그동안 천무단의 강력한 힘이 사라졌다고 소문이 나자 그동안 협조를 하던 이들이 고개를 외면하기 시작하고 있었다.

"아니, 그게 무슨 소리냐? 그자가 정말 그렇게 말을 했다는 말이냐?"

"그…… 그렇습니다. 더 이상은 저희와 협조를 할 수가 없다고 합니다."

"그자가 정말 죽고 싶어 환장을 했네. 그자는 내가 처리를 할 것이니 그만두고 다른 곳에서는 아직 연락이 없나?"

"죄송합니다. 대부분이 우리 천무단의 연락을 피하고 있을 것 같습니다."

수하들의 보고를 받고 있는 수장은 어이가 없다는 표정을 짓고 말았다.

얼마 전에만 해도 천무단의 연락이라면 적극적으로 협조를 하겠다고 하던 자들이 갑자기 이렇게 돌변을 할 것이라고는 생각지도 못했기 때문이다.

"우선 우리에게 협조를 하는 이들을 먼저 선별을 한다. 지금은 힘들어 그렇지만 나중에는 그자들에게 피눈물이 나게 만들어 줄 것이다."

수장은 처음 계획과는 달리 다른 방법을 찾을 수밖에 없게 되자 머리가 복잡해지고 있었다.

천무단의 일에 협조를 하는 정치인들이 적지는 않았는데 지금은 그런 정치인들이 전과는 다르게 협조를 하지 않는 것이 마음에 들지 않아서였다.

그리고 가장 중요한 문제는 천무단의 무력단이 지금 제대로 가동이 되지 않고 있어서 그런 이들에게 처벌을 할 수가 없다는 것이 가장 큰 문제였다.

정보단의 수장 정도면 한 개의 무력단 정도는 임의로 움직일 수가 있었으나 지금은 움직이고 싶어도 그럴 인력이 없었기에 수장이 이렇게 힘들게 일을 처리할 수밖에 없었다.

아직 다른 무력단이 존재하지 않으니 수장이라 해도 어쩔 수가 없었기 때문이었다.

천무단이 이렇게 무력하게 대응을 하니 이들과 관계를 가지고 있던 이들은 그런 천무단을 보며 의심을 하기 시작했다.

전과는 다르게 이들이 일을 처리하는 것을 보고는 이현중의 말이 모두 사실이라는 것을 믿게 되었기 때문이다.

천무단의 수장은 아직 이현중이 정치인들과 만나고 있다는 사실을 모르고 있어서 이런 결과를 만들 수가 있었다.

천무단과 윤재의 싸움은 서서히 윤재에게 유리하게 진행이 되고 있는 중이었다.

하지만 정보부의 수장은 아직 천무단의 비밀 세력이 남아 있다는 사실을 모르기 때문에 이런 결정을 내리고 있었다.

천무단의 단장에게는 아무도 모르게 기른 무력단이 따로 존재하고 있었다.

이는 천무단의 불순 세력을 정리하기 위해 따로 힘을 기른 것이었는데 지금은 윤재로 인해 그 세력이 정리가 되었기에 아직 단장은 그 힘을 보이지 않고 있었다.

천무단의 움직임을 주시하고 있던 윤재는 이 실장이 아주 잘하고 있기 때문에 정보에 대해서는 걱정을 하지 않았다.

"천무단의 무력을 어느 정도 정리를 하기는 했지만 아직 완전하게 정리가 되지는 않았으니 더욱 그들의 힘이 어디에 있는지를 파악해야 할 겁니다."

"지금도 저들을 주시하고 있으니 조금만 기다리면 알아낼 수가 있을 겁니다."

"나는 이 실장님만 믿고 있습니다."

윤재의 말에 이 실장의 눈빛이 빛나기 시작했다.

정보를 취급하고 나서 자신을 이렇게 맹목적으로

믿어 주는 이가 없었는데 윤재를 만나고 나서는 믿음과 신뢰가 생기고 있어 일을 하는 것에도 신이 나서였다.

"믿어 주셔서 감사합니다. 최선을 다해 저들의 세력을 알아내겠습니다."

윤재는 대답을 하는 이 실장을 보면 마음이 든든함을 느꼈다.

이 실장이 그동안 한 고생을 모르지 않았고, 그만큼 능력이 있었기 때문이었다.

이 실장이 없었다면 천무단을 상대하기가 지금과는 상당히 달라졌을 것이기 때문이다.

그만큼 이 실장이 보여 준 능력이 대단하다는 이야기였다.

"이 실장님의 말씀대로 이미 천무단의 정계의 선은 어느 정도 정리가 되겠지만 아직도 저들의 도움을 받은 실무자들이 상당하다는 것을 잊지 마시고 힘들겠지만 아직은 방심을 할 때가 아니니 최대한 놈들에 대해서 알아내야 합니다."

이 실장도 윤재의 말대로 놈들에게 어떻게 당했는지를 알기에 이번에 확실하게 놈들을 정리를 해야 한다고 생각하고 있었다.

천무단의 힘은 아주 은밀하게 퍼져 있기에 이들을 고르는 작업이 쉽지 않다는 사실을 알고, 절대 방심을 하지 않으려고 하고 있었다.

"걱정하지 마세요. 한번 당했으면 되었습니다. 이제는 절대 당하는 일이 없을 겁니다. 저도 그만큼 준비를 하고 있으니 말입니다."

이 실장의 눈에는 복수를 하기 위해 눈빛이 타오르고 있었다.

윤재가 없었다면 이 실장도 지금 놈들에 대한 원한만 삼키고 있었겠지만 이제는 반대의 입장이 되었기에 이번 기회에 확실하게 정리를 하려고 하고 있었다.

이 실장이 천무단을 상대하기 위해 치열하게 움직이고 있으니 윤재는 한결 편하게 일을 처리할 수가 있었다.

"천무단과의 악연도 이제 결말을 보아야 할 시간이되었다. 이 실장이 저들의 움직임을 주시하고 있으니조만간에 저들이 있는 곳을 찾을 것이니 말이야."

윤재는 천무단과의 지긋지긋한 인연을 이번에 확실

하게 정리를 할 생각을 가지고 있었다.

자신은 지금 연애를 하기도 바쁜데 천무단 때문에 연애도 하지 못하고 있으니 솔직히 화가 나기도 했다.

자신이 가지고 있는 능력이라면 천무단 정도는 쉽게 해결을 하겠지만 자신이 무슨 살인마도 아니고 모두를 그렇게 죽일 수는 없는 일이기 때문에 가장 편하게 일을 하려고 하니 이런 결과가 나온 것이다.

은주는 집에서 오늘도 윤재에게 연락이 오기를 간절히 기다리고 있었다.

은주의 엄마는 남자가 일을 할 때는 전화를 하지 말라는 이야기를 해 주었기에 되도록 은주도 일을 할 시간에는 전화를 자제하고 있었지만, 이내 기다려지는 것은 어쩔 수 없었다.

"아이, 오빠는 왜 전화도 안 하는 거지?"

며칠이라는 시간이 되도록 연락이 없으니 은주는 자꾸 핸드폰만 보게 되었다.

은주는 윤재가 자신에게 해 준 것들이 얼마나 대단한 것인지에 대해서 잘 알고 있었고, 아무나 그렇게 할 수 없다는 것 정도는 알고 있었다.

물론 윤재가 자신을 사랑하기 때문이라고는 하지만 사랑이라는 것이 말만 가지고 이루어지는 것은 아니었기에 은주는 되도록 윤재와 함께하는 시간을 많이 가지려고 하였는데 요즘은 윤재가 시간이 나지 않으니 은주의 마음이 답답하였다.

은주도 윤재를 사랑하는 마음이 날이 갈수록 커지는 것을 참으려고 하니 그런 것이다.

처음에는 그냥 좋은 남자라는 인식만 가지고 있었는데 지금은 옆에 없으면 보고 싶은 사람으로 인식을 하고 있었기에 눈에 보이지 않으면 그만큼 보고 싶다는 마음이 커지고 있었다.

한편 윤재에게 박살이 나서 두 번 다시는 무공을 사용하지 못하게 되었던 별동대는 지금 죽을 각오로 새롭게 몸을 만들고 있는 중이었다.

"으윽!"

"참아라, 이런 고통을 참으면 반드시 무공을 다시 사용할 수가 있다고 하니 무조건 참아라."

별동대의 대장인 한석민은 수하들을 보며 무조건 참고 견디라는 말을 하고 있었다.

이들이 당하고 있는 것은 지옥처럼 고통스러운 날

들이었기에 매일 고통과의 싸움이었다.

별동대가 그렇게 고통을 참으면서 머릿속으로는 윤재에 대한 원한을 키워 가고 있었다.

이들의 눈빛에는 지독한 원한이 서려 있었다.

"크으윽! 빌어먹을 개새끼 절대 그냥 두지 않겠다."

별동대들은 고통을 심해질 때마다 그런 악을 쓰며 견디고 있었다.

그런 별동대를 보며 고개를 흔드는 사람이 있었는데 바로 이들에게 무공을 찾아 주겠다고 한 노인이었다.

노인은 과거 무공을 잃고 목숨이 경각에 달하는 일을 경험하였지만, 지금은 누구도 무시를 당하지 않을 실력을 가지고 있었기에 비록 사공을 익히고 있음에도 불구하고 아무도 노인을 건드리지 않고 있었다.

사공이라는 것이 무공을 살려 줄 뿐만 아니라 사이한 무공도 있기 때문에, 이들은 내기를 다시 만들고 사공을 익히기로 하였다. 바로 노인이 허락을 하였던 것이다.

"흐흐흐, 이제 내기들이 다시 살아나기 시작했으니

조금만 더 참아라."

노인은 음침한 음성으로 이들을 보며 중얼거렸다.

이제 이들이 사공을 익히게 되면 강력한 사공의 힘에 취해 앞으로는 더 많은 사파의 무공을 익히려는 이들이 생길 것이라고 생각하니 마음이 흐뭇해졌다.

별동대가 다시 세상에 나올 때는 전과는 다른 무공을 익히고 있을 것이고, 더욱 강해져 있다는 사실을 윤재는 모르고 있었다.

천무단의 정보부 수장은 짜증이 잔뜩 난 얼굴을 하며 수하들을 닦달하고 있었다.

"아니, 도대체 일을 어떻게 처리를 하고 있는데 이런 결과가 나올 수가 있냐?"

"죄송합니다. 요즘은 저희의 입김이 전과는 다르게 전혀 먹히지가 않습니다. 수장님."

수하의 대답에 수장은 화가 났다.

"그렇다고 일을 이따위로 처리를 한다는 것이 말이 되냐?"

"저희도 최대한 노력을 하고 있지만 검찰 쪽도 상부의 지시로 움직일 수가 없다고 합니다."

수장은 자신이 머리를 짜서 공권력을 이용하자는

말을 하였기에 만약에 결과가 좋지 않을 경우에는 단장이 그냥 있지 않을 것이라는 생각에 속이 탔다.

단장은 언제라도 자신들을 제거하려고 하는 인물이었기에 지금 수장의 입장은 그런 단장에게 최대한 결과를 보여 주어야 했다.

하지만 얻어온 결과라고는 전혀 생각과는 다르게 진행이 되고 있으니 미치고 팔짝 뛰고 싶은 심정이었다.

"이런 결과를 가지고 어떻게 보고를 하겠냐? 너희 같으면 보고를 할 수 있겠냐?"

수하들에게 호통을 치는 수장도 일이 이 정도라면 이미 천무단은 거의 무너진 것이라고 밖에 생각이 들지 않을 정도였다.

수장은 수하들을 보니 이들도 최선을 다해 움직였다는 것을 알았지만 너무도 비참한 현실에 자신도 모르게 짜증이 난 것이기도 했다.

"우선 다시 한 번 저들을 만나도록 해라. 최대한 방법을 찾아야 한다. 무슨 말인지 알겠냐?"

"알겠습니다."

수장이 손들자 수하들은 물러갔다.

수하들이 나가고 나자 수장의 얼굴은 일그러지고 있었다.

"이거 정말 골치가 아프게 생겼네. 어떻게 보고를 해야 하나?"

수장이 그런 고민을 하고 있을 때 천무단의 단장은 이미 정보단이 거의 무너졌다는 사실을 알고 있었다.

천무단의 단장은 그동안 자신을 두고 간부들이 권력을 가지고 엄청난 짓을 했다는 사실을 알고 있었지만 참을 수밖에 없었기에 참고만 있었다.

하지만 천무단의 실질적인 무력단이 모두 무너지게 되자 단장의 비밀 세력만 가지고도 천무단을 접수할 수가 있게 되자 속으로 기뻐서 고함을 지를 정도였다.

'흐흐흐, 아무리 발버둥을 쳐도 방법이 없을 것이다. 이제 천무단에 있는 놈들 중에 알짜만 골라 새로운 조직을 만드는 일만 남았으니 말이다.'

단장은 천무단이 망해도 걱정이 없었다.

이는 이미 자신은 새로운 단체를 만들 생각을 하고 있었기 때문이었다.

천무단이 그동안 방대하게 커지기는 했지만 문제는

커지면서 이권에 대한 개입이 너무 심해 천무단에 반발하는 곳들이 많아졌다는 것이다.

단장은 언젠가는 천무단이 그런 곳들의 공격을 받아 망할 수도 있다는 생각을 하고 있었고 항상 자신은 살아남을 수 있도록 대비를 해 뒀다.

그런 단장이니 천무단이 망한다고 해도 신경도 쓰지 않고 있었다.

그러면서 간부들에게는 모든 일은 너희들의 책임이라고 하며 화를 냈다.

이번 사태로 인해 간부들은 목숨을 위험해지기 시작했고, 이들은 스스로 단장에게 기고 있었다.

간부들도 무공을 익히기는 했지만 아직 단장의 실력에는 미치지 못하기 때문이다.

단장이 그런 생각을 하고 있을 때 노크를 하는 소리가 들렸다.

똑똑.

"들어와."

문이 열리면서 정보부 수장이 들어오고 있었다.

"어서 오게."

"예, 단장님."

수장은 단장을 보니 바짝 긴장이 되어 버렸다.

지금은 단장이 예전과는 달라졌기 때문에 간부들이 그런 단장을 보고 절로 긴장이 되어서 그랬다.

"그래, 무슨 일인가?"

"단장님 전에 공권력을 이용하려고 하였던 일이 힘들게 되었습니다. 이상하게 우리 천무단의 말을 저들이 들어주지를 않습니다."

"아니, 전에는 자신 있다고 하지 않았는가?"

단장이 조금 인상을 쓰자 수장은 더욱 조심스럽게 말을 할 수밖에 없었다.

"제가 아직 상황을 제대로 파악을 하지 못했습니다. 죄송합니다."

정보부 수장은 자신의 실수를 인정하지 않을 수가 없게 되었기에 정중하게 사과를 하게 되었다.

지금은 이럴 수밖에 없는 것이 자신의 입장이었기 때문이다.

단장도 대강 상황이 돌아가는 것을 알고 있기에 더 이상 수장에게 나무랄 수만은 없었다.

우선은 천무단이 살아야 하기 때문이었다.

물론 일부 간부들은 정리를 할 생각이었다.

그리고 지금 천무단이 이렇게 힘들게 만든 존재를 만나고 싶었다.

자신이 개입이 되지 않았지만 그래도 간부들의 힘을 모두 박살을 낼 정도라면 상당한 힘을 가지고 있을 것이라는 생각이 들어서였다.

"수장은 지금 우리 천무단이 어떻게 될 것이라고 생각하는가?"

갑작스러운 단장의 질문에 수장은 곤혹스러운 얼굴이 되었다.

저런 질문을 하여 답변을 아무리 잘해도 욕을 먹을 것이 눈에 보였기 때문이다.

"저도 잘 모르겠습니다, 단장님."

수장의 대답에 단장은 자신이 너무 어렵게 질문을 하였다는 생각이 들었다,

"그렇게 말을 할 것이라고 생각했네. 다시 묻지, 우리 천무단이 이대로 가면 회생할 수 있다고 보이는가?"

수장은 지금의 천무단은 힘들다고 생각이 들었다.

우선은 천무단의 실질적인 힘이 사라졌고, 그 힘이 없으니 천무단과 연관이 되어 있던 인물들도 천무단

과 엮이지 않으려고 하고 있었기 때문이다.

정치인들이야 원래 그런 존재들이었지만 그래도 힘이 있을 때는 감히 그런 생각도 하지 못했는데 지금은 달랐기 때문이다.

"솔직한 답변을 원하십니까?"

단장은 수장의 말에 눈빛이 빛났다.

"그렇네. 나는 자네의 솔직한 대답을 듣고 싶네."

"지금 저희가 상대를 하고 있는 적이 그대로 있다면 아마도 천무단은 더 이상 회생할 수가 없을 겁니다. 지방에 있는 다른 집단들도 지금은 본부의 지시를 어기고 있다고 합니다. 그런 상황에서는 다시 회생을 할 수 없을 것 같습니다."

수장은 솔직하게 자신의 생각을 말했다.

어차피 시간이 지나면 그렇게 될 일이고 단장도 어느 정도는 예상을 하고 묻는 것 같아서였다.

"지방의 단체들이야 원래 우리의 힘이 아니었으니 그렇다고 치고, 지금 상대를 하고 있는 자는 어떻게 되었나?"

"아직 정확한 정체를 파악하지 못하고 있습니다. 하지만 어느 정도는 윤곽을 잡았으니 조만간에 누구인지를 알 수가 있을 겁니다."

"그러면 그자에게 연락을 하도록 하게. 내가 직접 그자를 만나야겠네. 천무단은 이대로 해체를 할 생각이네. 그렇지 않으면 아마도 더 큰 파장이 기다리고 있을 것이네."

단장은 지금 정부에서 천무단을 정리하려고 한다는 소식을 들었기에 그런 결정을 내리게 되었다.

그리고 가장 중요한 것이 바로 천무단을 이 지경으로 만든 윤재를 만나고 싶었다.

도대체 얼마나 강한 무인이기에 무력단이 그토록 허망하게 무너질 수가 있는지 만나서 눈으로 직접 확인을 하고 싶었다.

"그자에게 연락을 하라고요?"

수장은 단장의 말에 깜짝 놀란 얼굴을 하였다.

"그렇네. 우리의 적이기는 하지만 그자를 만나 해결을 해야 할 문제들이 있으니 연락을 해 보게. 내가 그자를 직접 만나서 단판을 지을 것이네."

단장의 말에 수장은 지금 단장이 천무단을 해체를 생각하고 있다는 것을 느낄 수가 있었다.

아마도 그자를 만나면 이제 천무단이 해체를 하니

더 이상 자신들과는 적이 되지 말자고 할 생각으로 보였다.

수장은 적이지만 솔직히 자신도 대단한 놈이라는 생각을 하고 있었다.

그리고 가장 두려운 것은 그 무력이었는데, 그런 무력을 가지고 있으면 자신이라도 적인 천무단을 그냥 두지 않았을 것이라는 생각이 들기는 했다.

단장은 지금 그런 적을 만나 더 이상은 원한을 가지지 않게 하려고 하는 것이다.

"알겠습니다. 제가 방법을 찾아 그자를 만날 수 있도록 하겠습니다."

천무단의 정보부도 윤재에 대한 자료를 가지고 있었다.

다만 아직 만나지를 못했을 뿐이었다.

아니, 만나지 못한 것이 아니라 만나지 않았다고 해야 할 것이다.

무력대가 모두 박살이 나고 나서는 윤재를 만나는 것을 이미 포기를 하고 있었기 때문이다.

암살까지 하려고 하였던 적에게 걸리면 어떤 결과가 나올지는 이들도 알고 있는데 그런 위험 인물인 윤재를 만나고 싶지는 않았다고 보아야 했다.

수장은 단장의 방에서 나와 깊은 고민을 하게 되었다.

윤재를 도와주고 있는 인물이 누구인지를 대강은 알고 있어서였다.

"결국 이현중에게 연락을 해야 한다는 말인데······ 내 말을 믿어 줄지 모르겠네."

수장과 이현중은 그리 좋은 사이가 아니었고, 수장이 그동안 이 실장을 얼마나 괴롭혔는지를 알고 있기에 고민을 하고 있었다.

하지만 결론은 연락을 하는 것으로 나게 되었다.

드드드.

—여보세요?

"이현중 씨, 나 천무단의 정보부 수장입니다."

현중은 갑자기 걸려온 전화로 인해 얼굴이 굳어지고 있었다.

—당신이 무슨 일로 나에게 전화를 한 것이오?

현중의 목소리는 굳어 있었고 상대가 느끼기에도 차가움을 주고 있었다.

그만큼 현중은 천무단에는 이를 갈고 있는 인물이

었기 때문이다.

수장도 이현중의 목소리만 들어도 상대가 어떤 감정을 가지고 있는지를 알 수가 있었다.

"휴우, 당신이 우리에게 원한이 있다는 것을 알고 있지만, 오늘 연락을 한 이유는 바로 이윤재 씨를 만나고 싶어서 한 것이오. 우리 단장님이 직접 만나서 천무단과의 일을 단판 짓고 싶다고 전해 주시오."

현중은 수장의 말에 솔직히 놀라기는 했지만, 이미 천무단은 이제 절대 살아날 수 없다고 판단을 하고 있었기에 겁도 나지 않았다.

"하하하, 이제 당신들이 급하기는 급한 모양이오. 그런 연락을 다 하고 말이오."

현중의 비꼬는 말투에도 수장은 화를 내지 않았다.

"지금 우리에게 감정이 좋지 못한 것은 알겠지만, 이번 일은 천무단과는 관계가 없다고만 알아 두시오. 단장님은 지금 천무단을 해체할 생각을 가지고 있고 그 일로 이윤재를 만나고 싶어 하고 있소."

천무단의 해체를 거론하자 현중도 놀라고 말았다.

저들이 그동안 자신들의 세력을 만들기 위해 어떤 짓을 하였는지를 알고 있는 현중이었기에 그런 천무단을 해체하려고 한다는 말이 솔직히 믿어지지가 않았다.

"당신의 말을 어떻게 믿을 수가 있겠소. 그리고 이윤재를 만난다고 해결이 되는 것은 아니지 않소?"

"알고 있소. 하지만 천무단이 지금의 상황에 빠지게 만든 인물이 바로 이윤재라는 것은 사실이니 단장님은 그런 인물을 만나고 싶어 하는 것이오. 연락을 해 주시오."

현중은 수장이 지금 진심으로 말을 하고 있다는 것을 느낄 수가 있었다.

그리고 이제는 윤재의 무력을 믿고 있어서 단장을 만난다고 해서 윤재가 당하지는 않을 것이라고 생각했다.

"알겠소. 장소는 어디로 할 생각이오?"

"그쪽에서 알아서 정해 주시오. 우리는 정하는 장소로 나가겠소."

저렇게 말을 하니 현중도 고개를 끄덕였다.

"알겠소. 약속이 되면 바로 연락을 드리겠소."

현중은 그렇게 전화를 끊고는 잠시 생각에 빠졌다.

윤재와 천무단의 단장이 만나는 것이 좋을지를 말

이다.

현중은 아무리 생각을 해도 지금은 만나는 것이 좋겠다는 생각이 들었는데 그 이유는 바로 단장이 천무단을 해체하려고 한다는 말 때문이었다.

진짜로 해체를 하려고 하면 윤재와의 일을 해결을 해야 했다.

그렇지 않으면 해체를 하고도 윤재와 좋지 않은 관계를 계속해서 유지를 해야 하니 단장의 입장에서는 결코 좋은 일이 아니었기 때문이었다.

"천무단과 싸움은 여기까지 했으면 아주 잘한 거고, 사장님도 이제는 그만둘 시간이 되었다."

이 실장은 그렇게 결정을 하자 바로 핸드폰을 들었다.

윤재는 갑자기 걸려 온 이 실장의 전화에 바로 받았다.

"이 실장님 무슨 일이세요?"

─사장님, 천무단의 단장에게 연락이 왔습니다.

그러면서 이 실장은 수장이 한 이야기를 사실 그대로 이야기를 해 주었다.

천무단이 지금 해체의 순서를 이행하려고 하는 것 같고, 가장 중요한 일이 바로 자신과의 문제라고 생각한 단장이 만나고 싶다는 이야기였다.

윤재는 한참을 이야기를 듣다가 이 실장에게 물었다.

"이 실장님은 어떻게 생각하세요?"

—저도 많이 생각을 해 보았지만 지금 단장을 만나는 것도 나쁘지 않다고 생각합니다. 사실상 천무단은 거의 무너졌다고 보아도 무방하니 말입니다. 그런 천무단의 단장이 만나자는 이유는 제가 보기에 사장님과 좋지 않은 관계를 풀기 위해서라는 생각이 듭니다.

윤재는 이 실장의 이야기를 들으면서 자신도 천무단과 더 이상 이런 상태를 유지하는 것이 좋지 않다는 생각이 들었다.

더군다나 자신은 이제 사랑하는 여자도 생겼기 때문에 은지를 보호하기 위해서도 저들과는 이제 정리를 하는 것이 좋다는 생각이 들었다.

"그렇게 하지요. 그러면 이 실장님이 장소를 섭외해서 약속을 잡으세요. 천무단의 단장이라는 사람을 보고 싶네요."

윤재의 허락이 떨어지자 이 실장은 목소리가 환해
졌다.

—알겠습니다. 바로 조치를 취하겠습니다, 사장님.

윤재의 허락으로 인해 이 실장이 매우 분주하게 움
직이게 되었지만 덕분에 이제부터는 조금은 편하게
살게 되었다는 생각이 신이 나 있었다.

2장
단장과의 만남

정보부 수장은 이 실장이 연락을 하여 약속을 잡았다고 하자 바로 자신이 약속을 하게 되었다.

이는 단장이 먼저 허락을 하였기 때문에 가능한 일이었다.

천무단의 단장과 윤재는 그렇게 장소를 정해 만나기로 날짜를 정하게 되었다.

천무단의 단장은 더 이상 천무단을 유지하기에는 곤란하다는 판단을 내리게 되었고, 지금 단에 속해 있는 간부들도 이미 부패를 경험하였기에 더 이상 이들과 연관을 했다가는 정말로 영원히 회생을 할 수가 없을지도 모른다는 생각이 들었기에 결국 과감하게 천무단을 해체하기로 마음을 먹게 되었다.

이미 천무단의 모든 힘을 잃었기에 지금은 단장의 힘만으로도 충분히 그렇게 할 수가 있었기 때문이었다.

단장은 천무단을 해체하고 당분간 자중을 하며 힘을 키우는 것에만 집중을 하려고 하였기 때문에 윤재를 만나려고 한 것이다.

천무단이 해체를 했다고는 하지만 결국 좋지 않은 인연으로 인해 다시 문제가 생길 수도 있다는 판단이 들어서서 직접 윤재를 만나 단판을 짓고자 하였다.

"단장님, 이윤재와 날짜를 잡았습니다."

"잘하였네. 어차피 우리가 풀어야 하는 숙제였으니 만나서 좋지 않은 원한을 푸는 것도 좋은 방법이야."

수장은 윤재 때문에 천무단이 이렇게 되기는 했지만 오히려 마음은 홀가분해지는 기분이었다.

그동안 천무단의 정보를 손에 쥐고 탐욕의 무리들과 함께 권력을 탐하였지만 결국 자신이 얻은 것이 없다는 것을 알게 되어서일까.

정보부 수장도 마음의 욕심을 버리고 나니 한결 가

벼운 마음으로 살아갈 수가 있게 되었다.

"그런데 앞으로는 어떻게 하실 생각이십니까?"

단장은 수장의 눈빛을 보니 전과는 다르게 담담한 빛을 발하고 있는 것을 보고는 욕심을 버렸다는 것을 알 수가 있었다.

"천무단은 눈에 보이는 것처럼 해체를 할 생각이네. 그리고 나는 새로운 단체를 만들 생각이네. 하지만 새롭게 만드는 단체는 천무단과는 다르게 운영을 할 생각이네."

"다르게 운영을 하신다니 무슨 말씀이신지요?"

"새롭게 만드는 단체는 정치인과는 절대 상종을 하지 않게 하면서 무인으로 하나의 단체를 체계적으로 만들려고 하는 것이네."

결국 단장은 하나의 새로운 문파를 만들고 싶어 한다는 말이었다.

정치나 권력과는 상관이 없이 자신들만 생각하며 수련을 할 수 있는 그런 문파를 말이다.

하지만 수장은 과연 그런 일이 가능할지 걱정이 되었다.

힘을 가지게 되면 필연적으로 권력이 이를 찾기 때

문이었다.

수장은 그런 생각을 하였지만 어차피 자신이 결정을 하는 것이 아니기 때문에 조용히 빠져나가고 있었다.

윤재는 천무단의 단장과 만남을 약속하고 나서는 편하게 건물 공사에 신경을 쓸 수가 있게 되었다.

"이거 이 사장의 얼굴 보기가 하늘의 별 따는 것처럼 어려운 것 같습니다."

"하하하, 최 사장님 오랜만에 뵙네요. 저도 나름 열심히 뛰고 있으니 이해해 주세요."

"열심히는, 데이트를 말하는 거요?"

최 사장도 윤재가 은주와 만나는 것을 알고 있었기 때문에 하는 농담이었다.

윤재는 최 사장의 농담에 얼굴이 붉어졌다.

주변의 사람들은 윤재가 이제 은주와 결혼을 할 것으로 알고 있었기 때문이다.

운재는 그런 최 사장의 말을 돌리기 위해 다른 질문을 하게 되었다.

"저기 최 사장님 공사 진척은 어떤가요?"

최 사장은 윤재가 지금 부끄러워 저러는 것을 알고

있었기에 입가에 미소를 머금으면 대답을 해주었다.

"하하하, 아주 잘 진행이 되고 있으니 걱정하지 마세요. 이 사장의 공사는 업자들이 모두 열심히 하고 있으니 말이요."

최 사장의 호언대로 실지로 업자들은 윤재의 공사에 대해서는 상당히 신경을 쓰면서 하고 있었다.

이들이 그러는 이유는 윤재가 공사를 하면 결제를 모두 현금으로 주는데, 가장 중요한 날짜를 어기는 날이 없었기 때문에 윤재가 하는 공사에는 업자들도 많은 신경을 쓰며 일을 하고 있었다.

윤재가 가장 신경을 쓰는 것이 바로 부실 공사였기에 이들도 그런 부실 공사를 하고 싶지 않지만 혹시라도 문제가 생기지 않도록 더욱 많은 신경을 쓰고 있어 윤재가 지은 건물은 튼튼하게 지어질 수밖에 없었다.

최 사장은 그런 업자들의 마음을 이해하고 있었다.

"잘된다고 하니 마음이 든든합니다. 역시 최 사장님이 계시니 공사는 제가 없어도 안심이 됩니다, 하하하."

"허허, 이 사장이 그만큼 잘하고 있어서 그런 것이니 나를 추켜세우지 않아도 되요."

최 사장은 진짜로 그렇게 생각하고 있었다.

윤재가 공사를 부탁하면서 가만히 지켜보았는데 업자들이 가장 중요하게 생각하는 임금에 대한 것은 아주 철저하게 관리를 하였고, 이들이 절대 임금이 늦어지지 않도록 하고 있었기 때문이다.

업자가 만약에 임금을 늦게 지불을 하면 윤재가 바로 업자에게 임금을 지불하라는 지시를 하였다. 이를 이행하지 않으면 업자는 더 이상 공사를 하지 못하게 하고 임금은 윤재가 대신 지불을 하면서 그대로 일을 할 수 있게 해 주었기 때문이다.

즉, 노동자들을 대변해 주면서 안전에 최대한 신경을 써 주니 이들이 윤재의 공사에는 엄청 신경을 쓰고 있는 건 당연한 이야기였다.

노동자의 입장에서는 임금 잘 주고 안전 챙겨 주는 사람이 사장이니 일을 해도 할 맛이 났다.

윤재는 그렇게 최 사장과 이야기를 마치고 바로 사무실로 갔다.

사무실에는 종현과 은주가 있기 때문이었다.

윤재는 오랜만에 가는 사무실이기 때문에 조금은 마음이 흥분이 되고 있었다.

사무실 앞에 도착한 윤재는 바로 노크를 하였다.

똑똑

"들어오세요."

안에서는 은주의 목소리가 윤재의 귓가를 울렸다.

문이 열리면서 윤재가 안으로 들어가자 은주는 그런 윤재를 보며 반가운 눈을 하며 인사를 하였다.

"어머, 사장님. 이제 일을 마치신 거예요?"

"어, 사장님 이제 오신 겁니까?"

종현과 은주는 윤재를 보자 반가운 음성으로 반겨주었다.

"그래, 아직 마지막 남은 일이 있기는 하지만 시간이 있으니 우선 사무실로 먼저 오게 되었다."

"아무튼 잘 오셨습니다. 안 그래도 요즘 정 실장님이 사장님을 찾고 있었습니다."

"정 실장이 무슨 일로 나를 찾아?"

"전에 사장님이 이야기한 땅이 나왔다고 하면서 오시면 바로 연락을 달라고 하였습니다."

종현은 이제 아주 능숙하게 업무를 보고 있는 것같아 보였다.

하기는 종현이도 이제 결혼을 하려면 그렇게 하지

않을 수가 없었지만 말이다.

"그 문제는 내가 알아서 하면 되고…… 연주 씨는
어떻게 지내?"

종현과 연주는 사실상 윤재가 중매를 한 것이나 마
찬가지였기에 항상 이렇게 신경을 써 주고 있었다.

"사장님이 결혼식을 하고 나면 우리도 하기로 하였
습니다."

종현은 조금 쑥스러운 얼굴을 하며 대답을 했다.

"그러지 말고 우리 합동결혼식을 하는 건 어때?"

윤재는 혼자였기 때문에 가족에 대한 그리움이 사
실 많았다.

종현을 처음 보았을 때는 그냥 불쌍해서 데리고 있
었는데, 종현과 함께 있으면서 점점 정이 들고 이제는
진짜 동생 같은 생각이 들어 이렇게 챙겨 주게 되었
다.

은주는 갑자기 합동결혼식이라는 말을 하자 얼굴을
붉히며 말았다.

"아이고, 사장님. 합동결혼식을 어떻게 합니까? 저
희는 사장님이 하시고 나면 그때 할 생각입니다."

종현은 윤재가 하는 말에 속으로 상당히 고마워하

고 있었다.

그만큼 자신을 생각하고 있다는 마음이 전해졌다.

자신은 별로 한 것도 없는 같은데 말이다.

"자식이 결혼을 하기는 할 모양이네. 하기는 함께 살기로 했으니 식을 올려야겠지."

윤재의 말에 종현은 부끄러운 마음에 고개를 숙이고 말았다.

아무리 막 나가는 종현이라도 사랑하는 여자의 이야기가 나오니 이상한 모양이었다.

종현이 지금처럼 정신을 차리고 살게 된 원인이 바로 연주 때문이었고, 종현은 그런 연주를 진심으로 사랑하고 있었다.

물론 연주도 종현을 진심으로 사랑하고 있다는 사실을 종현도 느끼고 있었고 말이다.

둘은 연주의 어머니인 김 여사의 허락을 이미 받은 상태, 윤재가 결혼을 하기를 기다리고만 있는 상황이었다.

"그만하세요. 출장을 다녀오시니 이제 농담만 느셨나 봐요."

은주는 윤재가 자꾸 결혼에 대한 이야기만 하자 한

마디를 하게 되었다.

"하하하, 내 사랑 은주가 그만하라니 그만해야지."

윤재의 한마디에 은주는 다시 붉은 얼굴을 하며 고개를 숙이고 말았다.

종현은 그런 윤재와 은주를 보며 입가에 미소를 지으며 두 사람을 보고 있었다.

사무실은 지금 아주 훈훈한 정이 느껴지는 분위기로 돌변하고 있었다.

"저기, 사장님. 우선 정 실장과 통화를 먼저 해 보십시오. 며칠 전부터 매일 전화를 하고 있습니다."

"그래? 급한 일이 생겼나?"

윤재는 그렇게 말을 하고는 바로 자신의 책상으로 가서 앉았다.

은주는 윤재가 자리에 앉자 바로 차를 준비하였고 윤재는 전화를 걸었다.

—여보세요? 사장님이세요?

정 실장은 윤재의 사무실에서 전화가 왔으니 윤재일 것이라고 생각하고 물은 것이다.

"하하하, 정 실장님 오랜만입니다."

—아이고, 사장님. 어떻게 연락이 되지 않습니까?

저는 사장님 때문에 죽을 맛이었습니다.

"정 실장님, 그런 엄살은 그만 부리시고 무슨 일입니까?"

정 실장이 저런 말을 할 때는 아마도 건수가 조금 크기 때문이라는 것을 윤재는 알고 있었다.

—하하하, 역시 사장님은 금방 눈치를 채시네요. 다름이 아니고 저번에 말씀 드렸던 땅이 나왔습니다. 그런데 조건이 좋습니다.

윤재는 정 실장이 말한 조건이 좋다는 말에 조금 관심이 가기는 했다.

정 실장이 말한 땅은 요지에 위치에 있기 때문에 그곳에 빌라를 지으면 분양은 걱정을 하지 않아도 될 정도였기 때문이다.

집이라는 것이 좋은 위치에 있으면 말을 하지 않아도 바로 매매가 이루어지고 있을 정도로 인기가 좋았다.

"조건이 어떤 겁니까?"

—다름이 아니라 돈을 일시불로 달라는 겁니다. 아마도 땅 주인이 돈이 급해서 내놓은 것 같습니다. 일시불로 주는 조건으로 바로 매매를 하겠다고 합니다.

돈을 한 번에 주는 거야 그리 어려운 일이 아니었
지만, 윤재는 무언가 이상한 기분이 들었다.

"정 실장님 그 땅의 주인을 직접 만나신 겁니까?"

—아닙니다. 땅 주인이 아니고 그 아들을 만났습니
다.

윤재는 정 실장의 이야기를 들으니 이제 이해가 갔
다.

아마도 아들은 아버지의 땅을 위임받아 직접 팔고
는 일시불로 돈을 받아 챙기려고 하는 것 같아 보였
다.

윤재는 땅이 욕심은 나지만 그런 놈과 거래를 하고
싶지는 않았다.

"정 실장님도 대충 눈치는 채셨을 것 같은데……
아닙니까?"

윤재의 말에 정 실장은 바로 대답을 하지 못하고
있었다.

아마도 정 실장과 그 아들이 비밀리에 무언가 나눈
이야기가 있는 모양이었다.

윤재야 땅을 사기만 하면 되지만, 그 아버지는 아
들에게 사기를 당하게 되었으니 윤재는 그런 모습을

보고 싶지가 않았다.

"정 실장님 조금 실망이군요. 저는 정 실장님과 오래 같이 일을 하고 싶었는데 말입니다. 이번 거래는 없는 것으로 하지요. 그리고 그동안 고마웠습니다."

윤재는 정 실장과 그렇게 이야기를 하고 통화를 마쳤다.

아마도 정 실장은 더 이상 자신에게 전화를 하는 일은 없을 것이다.

자신의 건물을 분양하면서 정 실장이 조금 많이 챙긴 것을 알았지만, 이는 분양을 하면서 스스로의 노력을 얻은 이득이기 때문에 말을 하지 않았다.

하나 지금은 달랐다.

처음에는 열심히 살려고 하여서 도움을 주었는데 돈을 벌기 시작하니 저런 욕심을 부리게 된다는 사실을 윤재는 알게 되었고 덕분에 도움이 되기는 했다.

"사장님 정 실장이 사기를 치려고 한 겁니까?"

종현의 눈빛이 달라지며 물었다.

"정 실장이 사기를 치려고 하는 것이 아니라 그 아들놈이 사기를 치려고 하는 것이지. 정 실장은 알면서도 그냥 거래를 하려 했고 말이다. 사람이 욕심을 부리기 시작하면 한도 끝도 없을 것이다. 너도 그런 일이 생기지 않도록 조심해라."

"저는 욕심은 없습니다. 연주 씨와 살면서 들어가는 돈만 벌면 됩니다. 지금 사장님의 밑에 있으면서 버는 돈이면 충분하니 말입니다."

종현은 진심으로 하는 이야기였다.

연주를 만나고 나서는 종현도 많은 변화를 보였다. 이제는 연주의 말이라면 죽는 시늉이라도 할 정도로 연주에 대한 마음이 각별했다.

"종현아 너 많이 변한 것 아냐? 전과는 다르게 지금은 아주 마음에 든다. 우리 앞으로도 변하지 말고 열심히 살자."

종현은 윤재가 이런 말을 하는 이유가 바로 자신 때문이라는 것을 알고 있었다.

"알겠습니다. 언제나 저는 변함이 없으니 걱정하지 마십시오. 저 지금 현장이 나가야 합니다."

종현은 눈치를 보고 현장으로 가려고 하였다.

사실 종현은 현장에 자주 나가고 있기도 하였다.

이는 은주와 같이 있으니 종현이 불편해서 자주 현장으로 나가고 있었기 때문이다.

"그래, 수고하고, 잘 보고 배워라."

"예, 사장님."

종현이 나가자 윤재는 은주를 보는 눈빛이 조금 이상하게 변하고 있었다.

은주는 그런 윤재를 보며 고개를 숙이고 말았다.

저런 모습을 할 때는 키스를 하고 싶어 한다는 것을 은주도 알고 있었기 때문이다.

"우리 은주…… 그동안 정말 많이 보고 싶었어."

윤재는 은주에게 다가가서 귓속말로 속삭였다.

은주는 그런 윤재의 행동에 온몸을 부르르 떨었다.

마치 전기가 오는 것처럼 전율이 일어서였다.

"저…… 도 오빠가 보고 싶었어요."

사실 은주도 윤재가 매일 그리워하고 있었다.

다만 일을 하고 있는 윤재에게 방해를 하는 것 같아 전화를 자제하고 있었다.

윤재는 그런 은주를 살며시 안았다.

은주는 그런 윤재의 품에 안기면서 가슴이 심하게 뛰었다.

'아…….'

은주는 가슴이 심하게 떨리는 것을 최대한 감추려

고 하였지만 심장은 그런 은주의 생각과는 다르게 더욱 심하게 뛰고 있었다.

쿵쾅쿵쾅.

윤재는 그런 은주의 얼굴을 들고 천천히 입술이 이동을 하고 있었다.

은주는 떨리는 가슴을 감추려고 할 때 고개가 들려지자 더욱 얼굴이 붉어졌고, 자신도 모르게 눈을 감기고 있었다.

두 사람은 그렇게 뜨거운 키스를 시작하였다. 윤재는 은주의 촉촉한 입술을 느끼며 더욱 은주를 강하게 안아 버렸다.

윤재가 이러는 것은 그동안 천무단 때문에 받은 스트레스가 장난이 아니었기 때문이다.

그런 스트레스를 은주를 보니 참을 수 없었기 때문에 은주를 강하게 안게 되었다.

"오…… 빠 아파요."

은주는 윤재가 너무 강하게 안아서 몸이 으스러지는 기분이었다.

윤재는 자신의 실수를 깨닫고는 빠르게 힘을 풀었다.

"아, 미안해. 은주가 너무 보고 싶어서 나도 모르게 힘이 들어갔네."

"아니에요. 저도 오빠가 그렇게 말해 주니 고마워요."

은주는 윤재가 보고 싶어서 그런 것이라는 말에 금방 고통을 잊고 말았다.

은주의 입가에 행복한 미소가 그려지고 있었고 윤재는 그런 은주를 보니 또 다시 참을 수 없었지만, 이번에는 힘을 주지 않고 아주 부드럽게 은주를 안아 주며 키스를 하게 되었다.

두 사람은 그렇게 달콤한 키스를 마치고 마음이 진정이 되었는지 차를 마시면서 이야기를 하고 있었다.

"병원은 어때?"

"조금씩 회복이 되고는 있다고 하는데 정신을 차리기는 했지만, 아직 오락가락한 모양이에요."

"조급하게 생각하지 말고 기다리면 잘될 거야. 알았지?"

"예, 저도 그렇게 하려고 하는데 잘 안 되네요."

은주도 윤재가 하는 말을 충분히 이해를 하고 있었다.

하지만 가족의 일이라 이해는 하지만 마음은 그렇지가 않았다.

윤재는 그런 은주를 보며 아주 포근한 미소를 지었다.

"우리 부모님에게 인사나 갈까? 가서 은주와 결혼에 대한 이야기를 했으면 하는데 어때?"

은주는 윤재가 결혼에 대한 말을 하자 부끄러움에 얼굴을 붉히며 고개를 숙이고 말았다.

은주도 윤재와 결혼을 하고 싶었지만 아직은 너무 이르다는 생각이 들었다.

"저기 오빠 저도 오빠와 함께 살고 싶어요. 하지만 아직 아빠가 저러고 있으니 조금이라도 차도가 있으면 그때 이야기를 하시는 것이 어때요?"

윤재는 이제 은주의 마음을 알았으니 아버지의 치료를 시작하려고 마음을 먹게 되었다.

'은주의 아버지를 그냥 둘 수는 없었는데 잘되었다. 이번에 확실하게 치료를 하여 결혼을 하면 되겠다.'

윤재도 아버지 때문에 결혼에 대해 보류를 하자고 하는 은주의 마음을 충분히 이해를 하고 있었다.

가족이 그것도 아빠가 저러고 있는데 결혼을 생각

하는 딸은 거의 없을 것이기 때문이다.

물론 병원에 있는 것도 윤재의 신세를 지고 있으니 하자고 하면 할 수도 있지만 윤재는 그렇게 하고 싶지는 않았다.

은주네 식구는 이제 자신에게는 가족이 될 것이기 때문이었다.

윤재에게는 가족이라는 의미는 항상 그리움의 대상이었고, 이제 그런 가족을 가질 수가 있게 되었는데 서두르고 싶지는 않았다.

"그래, 아버지가 조금이라도 차도를 보이면 그때 이야기를 하자. 내가 너무 서두르는 것 같아 미안해. 은주의 사정을 알면서도 말이야."

윤재는 조금 미안한 얼굴을 하며 은주에게 말을 했다.

은주는 그런 윤재를 보니 자신이 더 미안해졌다.

"아니에요, 오빠."

은주가 말을 하려고 하는데 윤재는 서둘러 다음 말을 하였다.

"하지만 은주야 나는 정말 우리 은주를 너무 사랑해서 그러는 거니 오해는 하지 않았으면 해."

윤재의 다음 말에 은주는 다시 얼굴이 붉어지고 있었다.

그러면서 은주는 가슴이 심하게 떨렸다.

남자의 고백을 듣고 있으니 이상하게 심장이 따로 노는 것인지 심하게 뛰고 있었다.

두근두근.

쿵쾅쿵쾅!

은주는 자신의 심장이 뛰는 소리가 윤재에게 들릴 수도 있다는 생각이 들어 더욱 얼굴이 붉어졌다.

윤재는 이미 은주의 심장박동을 느끼고 있었다.

그런 은주가 윤재는 더욱 사랑스러웠고 말이다.

"오늘은 그냥 병원에 가 보자."

"예, 그렇게 해요."

윤재는 은주와 함께 병원으로 가게 되었다.

오랜만에 오기도 했지만 그동안 천무단 때문에 병원에 가지도 않았기 때문이었다.

은주도 사무실에 일이 그렇게 많이 없었기 때문에 사장인 윤재가 가자고 하니 바로 그렇게 하자고 한 것이다.

은주의 아버지가 입원해 있는 병실은 이 인실이라

면회를 하기는 편했다.

그리고 은주의 어머니는 윤재에게 신세를 지는 것을 최대한 줄이기 위해 간병인도 하루는 자신이 하고 하루는 간병인이 하는 것으로 하고 있었다.

오늘은 은주의 어머니가 간병을 하는 날이었다.

윤재는 그런 사실을 모르고 은주와 함께 입원실로 들어오고 있었다.

"안녕하세요. 고생이 많으시네요."

"어서 오게. 은주가 출장을 갔다고 한 이야기는 들었는데, 잘된 건가?"

은주의 어머니는 윤재를 완전한 사위로 인정을 하고 있었다.

"예, 그런데 간병인은 어디 가고 어머님이 이러고 계세요?"

윤재의 질문에 은주는 미안한 얼굴을 하며 윤재에게 말을 했다.

"사실은 엄마가 아빠를 그냥 둘 수가 없다고 하시는 바람에 하루씩 돌아가면서 간병을 하고 계시는 거예요, 오빠."

윤재는 박 여사가 아마도 자신에게 부담을 주기 싫

어서 그런 것으로 보였다.

그리고 솔직히 남편의 간병을 남에게 맡기는 것도 그리 마음에 들지 않았고 말이다.

"그렇군요. 어머님은 아버님의 간병을 직접 하시고 싶어서 그런 것이지요?"

"그…… 그렇네."

박 여사는 어색한 얼굴을 하며 대답을 하였다.

그때 침대에 누워 있던 은주의 아버지가 기침을 하였다.

"쿨룩, 쿨룩."

"여보, 정신이 드세요?"

박 여사는 바로 남편의 얼굴을 보았다.

은주의 아버지인 최동민은 자신이 병원에 입원을 하게 된 것이 은주와 결혼을 하려는 윤재 덕분이라는 것을 알고 있었다.

아직 완전히 정신을 차린 것은 아니지만, 그래도 간간히 정신을 차리고 있었기 때문이다.

아내와 힘들지만 이제 약간의 대화는 할 수 있는 최동민은 힘겹게 고개를 돌려 윤재를 보려고 하였다.

윤재는 그런 동민에게 다가가서 자신을 소개했다.

"안녕하십니까. 은주하고 사귀고 있는 이윤재라고 합니다, 아버님."

윤재의 인사에 동민의 얼굴에 희미한 미소가 그려지고 있었다.

은주는 아빠의 변화에 놀라는 얼굴이었지만, 박 여사는 남편이 지금 상당히 흐뭇해하고 있다는 사실을 느낄 수가 있었다.

"여보, 은주하고 서로 사랑하고 있는 사이래요. 잘 어울려 보여요?"

박 여사의 물음에 동민은 눈으로 힘겹게 대답을 하였다.

눈을 깜빡이는 것이 아주 좋다고 하는 것 같았다.

"무…… 물……."

"목이 말라요? 은주야 거기 물 좀 줘라."

"예, 엄마."

은주는 빠르게 물을 담은 통을 엄마에게 주었다.

박 여사는 아직 물을 마시지 못하기 때문에 입술을 살짝 적셔 주기 시작했다.

많은 물이 들어가면 오히려 좋지 않다고 하여 이렇게 물로 입술을 적셔 주는 것으로 갈증을 해소하게 하고 있었다.

윤재는 그런 은주의 아버지를 보며 오늘은 자신이 가지고 있는 능력 중에 치료의 힘을 이용하여 어느 정도는 치료를 해야겠다는 생각을 하게 되었다.

'치료를 하려면 은주하고 어머님을 나가게 해야 하는데 어떻게 하지?'

윤재는 치료를 하려면 두 사람이 없어야 하기 때문에 고민을 하였다.

그때 윤재의 고민을 한방에 해결을 해 주는 고마운 인물이 나타났다.

"최동민 환자 보호자 분 검사 결과 나왔으니 잠시 오시라고 하네요."

"예, 금방 갈게요."

박 여사는 검사를 한 결과가 나왔다고 하자 얼굴이 환해져서 대답을 하였다.

윤재는 이때가 기회라고 생각을 하고는 은주를 보며 말했다.

"어머님하고 같이 가서 결과를 듣고 와."

"그럴까요?"

은주도 내심 결과가 궁금했던 모양인지 바로 대답

을 하였다.

"그래, 어머님을 모시고 가서 들어 혼자 보다는 둘
이 들으면 더 좋잖아."

"고마워요, 오빠."

은주는 윤재의 내심을 모르고 자신을 배려하고 있
다는 생각이 들어 고마운 눈빛을 하였다.

박 여사는 그런 윤재의 세심한 배려에 은주와 마찬
가지로 고마운 눈빛을 하였고 말이다.

3장
놀라운 치료의 힘

두 사람이 결과를 듣기 위해 나가고 없자 윤재는 동민을 보았다.

마침 동민은 다시 잠에 빠졌는지 눈을 감고 숨소리가 아주 고르게 들렸다.

윤재는 바로 주변의 커텐을 치고는 치료의 힘을 이용하여 동민의 몸을 치료하기 시작했다.

한 번에 모든 병을 치료할 수는 없지만, 지금 보다는 빠른 회복을 하게 도움을 줄 수가 있었고 어느 정도는 치료가 되기 때문이다.

아마도 내일이면 의사들도 놀라는 얼굴을 하겠지만

말이다.

"치료!"

윤재의 손에서는 은은한 빛이 나타났고 보이지 않는 투명한 기운이 동민의 몸으로 들어가기 시작했다.

윤재는 치료의 힘을 최대한 동민의 몸에 투입을 하였고, 치료의 힘은 동민의 몸에 이상이 있는 부분을 치료하기 시작했다.

사실 치료의 힘을 사용하면 은은한 빛이 보이기 때문에 윤재도 빛을 가리기 위해 커텐을 친 것이다.

약하기 때문에 커텐을 치면 보이지가 않았기 때문이었다.

윤재는 한참을 치료의 힘을 사용하니 기운이 빠졌지만, 이내 멈추고 천천히 숨을 골랐다.

'휴우, 치료의 힘을 사용하니 이고 몸이 금방 피로해지네. 앞으로 자주는 사용하지 말아야겠다.'

윤재는 치료의 힘이 상당히 힘들다는 것을 오늘 처음 알게 되었다.

하지만 이는 윤재가 전력으로 기운을 사용하여 그렇지, 적당히 사용하였다면 지금처럼 힘이 들지는 않았을 것이다.

윤재는 운기를 하고 싶었지만 여기서는 할 수가 없었기에 우선은 은주가 오기를 기다리고 있었다.

박 여사와 은주는 검사 결과를 듣고 나오면서 그렇게 얼굴이 좋지는 않았다.

"환자 분의 상태는 지금 그렇게 좋다고 할 수가 없습니다. 하지만 장기 치료를 하게 되면 치료를 할 수는 있으니 너무 걱정을 하지 않으셔도 됩니다."

의사의 말로는 장기간 치료를 하라는 말이었고 박 여사는 지금도 치료비를 윤재가 대고 있는데 장기간 그렇게 할 수는 없었기에 얼굴이 좋지 않았던 것이다.

이는 은주도 마찬가지였다.

은주가 사무실로 출근을 하며 받는 급료를 가지고는 병원비를 감당할 수가 없었기 때문이다.

그렇다고 엄마가 일을 다니게 할 수도 없었다.

사실 박 여사도 말을 하지 않고 있지만 몸이 좋지는 않았기 때문이다.

"엄마, 우리 힘내요. 좋은 날이 있을 거예요."

"그러자. 나중에는 좋은 날이 있겠지. 가자, 기다

리겠다."

"예, 엄마."

은주와 박 여사는 얼굴을 피고 다시 입원실로 돌아왔다.

"검사 결과는 어떻습니까?"

윤재는 두 사람의 안색이 웃는 것처럼 보이지만 그 안은 다르다는 생각이 들어 결과에 대해 물었다.

"휴우, 치료는 가능한데 장기간 치료를 해야 한다고 해서 걱정이네."

박 여사는 윤재에게 미안함 가득한 눈빛을 하며 대답을 했다.

윤재는 박 여사가 저런 눈빛을 하는 이유를 알고 있었기에 바로 환하게 웃으면서 이들을 달래 주었다.

"어머니 치료를 하면 된다고 하니 우리는 좋게 생각하지요. 누구는 치료를 할 수 없는 분도 있으니 말입니다. 다른 사람의 고통과 비교를 해서 조금 그렇지만 아버님이 치료를 하면 완치를 할 수 있다는 사실만으로도 기쁜 일이지 않습니까. 병원비는 제가 책임지면 되니 너무 걱정하지 마세요. 저도 이제 이 집안의 식구라고 생각해 주세요."

윤재는 진심을 담아 박 여사를 보며 그렇게 말을 하였다.

박 여사는 그런 윤재에게 너무도 고마웠고 미안했다.

은주는 윤재가 하는 이야기를 듣고는 눈물이 핑 돌아 고개를 얼른 숙여 버렸다.

"고맙네, 자네에게 정말 면목이 없네."

"우리 이제 그런 이야기는 그만하지요. 저도 오늘부터는 가족이라고 생각해 주시는 것으로 알고 있겠습니다. 그리고 아버님의 병세가 차도가 있으면 은주와 결혼식을 올리고 싶습니다, 어머님."

윤재는 이 참에 아예 결혼식을 올리고 싶다는 이야기를 해 버렸다.

은주는 고개를 숙이고 있었지만 귀를 열어 두었기에 윤재가 갑자기 결혼식을 하고 싶다는 이야기를 하자 그대로 고개를 들어 엄마를 보게 되었다.

엄마가 어떤 반응을 보일지가 가장 궁금해서였다.

"우리 은주를 진심으로 그렇게 생각해 주어 나는 고마울 뿐이네. 부족하지만 우리 은주는 잘 부탁하네."

박 여사는 은주의 결혼을 진심으로 환영하고 있었다.

그렇게 윤재와 가족이 되고 싶은 것이 솔직한 마음이었다.

은주와 결혼이라도 하면 이런 마음이 조금은 덜할 것 같아서 바로 허락을 하게 되었다.

"감사합니다. 죽을 때까지 은주를 죽어라 사랑하겠습니다, 어머님."

윤재는 어머님의 허락에 진심으로 감사의 인사를 하고 있었다.

그런 윤재의 행동이 마치 좋아서 죽을 것 같은 표정이라 은주는 자신도 모르게 웃음이 터지고 말았다.

"호호호, 오빠 바보 같아요."

"하하하, 바보가 되어도 지금은 너무 좋은 걸 어떻게 하냐."

박 여사는 윤재와 은주를 보며 입가에 부드러운 미소를 지으며 남편을 보게 되었다.

그런데 박 여사는 남편의 얼굴을 보더니 조금 이상한 표정을 짓고 있었다.

윤재는 그런 박 여사를 보고 확실히 부부라는 것을

알 수가 있었다.

'표정이 편안해져 있는 것을 금방 눈치를 채시네. 역시 부부라 그런 건가?'

윤재는 그런 생각이 들었다.

최동민은 지금 아까와는 다르게 아주 편안한 얼굴을 하고 잠에 빠져 있었다.

이는 윤재의 치료의 힘에 의해 생긴 현상인데 치료의 힘이 동민의 몸에 이상 증상들을 최대한 치료를 하였고, 지금은 몸에 느끼는 고통들이 사라졌기에 얼굴에 그대로 반영이 되었기 때문이다.

아마도 잠에서 깨어나면 바로 정상인처럼 되지는 않겠지만 어느 정도는 말을 익숙하게 할 수 있을지도 몰랐다.

윤재도 치료의 기운을 오늘처럼 많이 사용해 보기는 처음이라 어떤 현상이 나올지는 윤재도 모르고 있었다.

윤재가 의학에 지식을 가지고 있지도 않았기 때문이다.

"어머님, 우리 식사나 하러 가지요. 아버님도 주무시니 지금 나가시지요."

윤재는 어머니가 다르게 생각하지 못하게 빠르게
상황을 정리하였다.

박 여사는 윤재의 말에 고개를 돌려 윤재를 보았다.

"아니, 은주와 먼저 먹고 오게. 나는 병실을 떠날
수가 없을 것 같아."

"에이, 어머니 그러지 마시고 같이 가세요. 오늘
모처럼 제가 기분이 좋은 날인데 어떻게 혼자 계시게
해요."

윤재가 그렇게 나오자 은주도 엄마를 보며 합세를
하였다.

"엄마 그렇게 해요. 둘이만 먹는 것 보다는 같이
가야 맛도 나지요."

은주의 합세에 박 여사는 이기지 못하겠다는 얼굴
을 하며 고개를 끄덕였다.

"알겠네. 하여튼 자네도 은근히 고집이 강해."

그렇게 윤재는 은주와 함께 박 여사를 모시고 식사
를 하러 가게 되었다.

윤재가 치료의 힘을 상당히 소모를 해 가며 치료를
하였던 최동민은 다음 날 엄청난 변화를 보이고 있었다.

박 여사는 남편의 얼굴을 보며 어제 들은 말들을 생각하고 있었는데 그때 동민이 잠에서 깨어나고 있었다.

동민은 눈을 뜨자 아내의 얼굴을 보았고 자신도 모르게 입을 열었다.

"……나 때문에 고생이 많지?"

박 여사는 남편이 눈을 뜨고 나서 자신을 보고 말을 하는 것을 보고는 기겁을 하고 말았다.

"다…… 당신 지금 말을 한 거예요?"

"어? 그러고 보니 나 말을 할 수 있네?"

동민은 갑자기 이상하게 몸이 아픔도 사라지고 말도 자연스럽게 할 수가 있게 되자 어리둥절한 얼굴이 되었다.

그러나 동민의 변화에 가장 놀란 사람은 바로 박 여사였다.

"어…… 어떻게 말을 하는 거예요? 아니, 당장 간호사를 불러야겠어요."

박 여사는 남편이 갑자기 말을 하자 놀라기도 했지만 불안한 마음이 더 들었다.

사람이 죽기 전에는 잠시나마 정신을 차린다는 말

이 생각이 나서였다.

박 여사는 급하게 간호사들이 있는 곳으로 달려갔다.

"저기 우리 남편이 이상해요, 어서 와 보세요!"

박 여사의 다급한 표정에 간호사들이 급하게 병실로 달려왔다.

그런데 급한 얼굴과는 다르게 환자는 아주 편안한 얼굴을 하고 있었기에 간호사들도 놀라고 있었다.

"환자 분, 어디 이상한 곳은 없으세요?"

"나 아주 편해요. 어제는 고통도 심했는데 오늘은 그런 고통도 사라지고 아주 좋네요."

동민의 대답에 간호사들은 진심으로 놀라고 있었다.

자신들이 어제만 해도 중환자와 같이 생각하고 있었던 환자가 하루아침에 말도 하고 있으니 놀라지 않을 수가 없었기 때문이다.

동민의 이런 변화로 인해 병원이 난리가 나게 되었다.

박 여사는 동민이 갑자기 몸이 좋아져서 기쁘기는 하지만, 이상이 있을 수도 있다는 생각이 들어 마음이 불안했고 바로 은주에게 전화를 걸었다.

드드드.

"엄마 무슨 일이야?"

은주는 아침에 암마가 전화를 하지 않는다는 것을 알기에 급한 일이 생겼는지 물은 것이다.

"은주야. 아빠가 깨어났는데 갑자기 말도 하고 이상해졌다. 나는 갑자기 저러니 불안해 죽겠다."

엄마의 목소리에 불안에 떨리고 있는 것에 은주는 깜짝 놀라고 말았다.

"엄마, 아빠가 깨어났어요?"

"그래, 깨어난 정도가 아니라 아픈 곳도 없다고 하면서 말도 정상적으로 하고 있다. 나는 그게 더 불안해 죽겠다."

은주는 엄마가 왜 그런 말을 하는지를 금방 눈치챘다.

사람이 죽을 때가 되면 인간 관계를 정리하기 위해 갑자기 정상으로 돌아온다는 말이 생각나서였다.

"엄마, 불안하게 생각하지 말고 좋은 일이라고 생각해요. 아빠가 정상이 되면 엄마도 좋잖아. 나 지금 이야기를 하고 바로 병원으로 갈게, 엄마."

"그래, 어서 와라. 엄마는 불안해 가슴이 떨려 죽을 것 같다."

박 여사는 진심으로 그런 마음에 심장이 떨리는 기분이었다.

그만큼 놀라운 일이 벌어져서였다.

병원의 의사들도 지금 긴급하게 회의를 하고 있었다.

"아니, 어제만 해도 중환자와 같은 환자가 하루 만에 정상인처럼 회복을 하였다는 것이 말이 된다고 생각하는 건가? 혹시 검사에 무슨 문제가 있었던 것은 없나?"

"어제 검사를 하였을 때만 해도 아무 이상이 없었습니다. 기록을 보시면 아실 겁니다."

그동안 매일 검진을 하였으니 그 차트가 있었고, 의사는 차트를 보여 주며 설명을 하였다.

병원의 과장은 담당 의사의 말에 차트를 살펴보았고 그 안에는 아무런 이상이 없었다.

"아니, 이런 일이 우리 병원에서 일어나게 된 것이 좋은 거야? 아니면 나쁜 거야?"

과장도 이해가 되지 않는 표정을 지으며 멍한 표정

이 되고 말았다.

"과장님 우선 환자의 재검을 시작하지요. 이번 검사는 병원에서 지원을 하는 것으로 하면 될 겁니다."

"당장 시행하고 철저하게 검사를 하게 이게 도대체 말이 되는 일이야?"

과장도 이런 신비한 현상은 처음 경험을 하게 되었기에 도무지 믿어지지가 않는 얼굴을 하였다.

그로 인해 동민의 검사는 철저하게 다시 하게 되었고, 모든 검사비는 병원에서 지원을 하는 것으로 하고 검사를 시작하게 되었다.

이거는 검사가 아니라 완전히 정밀 조사를 하는 것처럼 동민은 피곤하게 검사를 받고 있었다.

하루라는 시간을 모두 검사를 받은 동민은 저녁이 되어서야 병실로 돌아왔다.

은주는 윤재에게 이야기를 하고 바로 아침부터 병원으로 왔지만 아빠를 만날 수가 없었다.

병실로 돌아온 동민은 은주를 보며 아주 반가운 얼굴을 하였다.

"은주 와 있었네. 좋은 사람을 만난 것을 축하한다."

아빠의 말에 은주는 그 순간에 눈물이 흐르고 말았다.

아빠가 몸이 아파 쓰러져 있던 지난 시절들이 기억이 나서였다.

"아…… 빠, 정말 일어나셨네요. 흑흑흑."

은주는 울음을 터트리고는 바로 아빠의 품속으로 파고들었다.

동민은 은주가 품에 안기자 은주를 부드럽게 안아주었다.

"우리 은주는 그동안 울보가 되어 있었네. 그만 울어, 아빠 이제 괜찮아졌으니 말이다."

"정말이요? 이제 진짜 안 아프신 거예요?"

은주는 눈물을 닦을 생각도 하지 않고 물었다.

"그럼, 오늘 다시 검사를 받았는데 아무 이상이 없다고 하였다. 바로 퇴원은 힘들겠지만 조만간에 퇴원을 해도 될 것 같다."

동민은 진짜로 몸에 이상이 없었기에 하는 소리였다.

그리고 가족들에게 미안하기도 했고, 해서 바로 퇴원을 했으면 하지만 그렇게는 되지 않을 것 같았다.

병원에서는 이번 동민의 일에 상당한 관심을 가지고 있었고, 동민에게 개인적으로 부탁을 한 것이 있었다.

"최동민 환자 분은 정말 기적적인 소생을 하신 겁니다. 그래서 저희 병원에서는 그런 환자 분의 몸을 연구하고 싶습니다."

"예 연구라고요?"

"아, 오해는 하지 마십시오. 저희가 연구를 하고 싶은 것은 환자 분의 피와 조직 세포입니다. 일주일에 한 번 정도만 피와 세포의 검사를 제공하시면 되는 일입니다. 그 대신 저희는 환자 분에게 그에 대한 금전적인 보상금을 드리게 될 겁니다."

동민은 보상금이라고 하자 금방 눈빛이 빛났다.

자신이 오랜 시간 누워 있었기 때문에 집안이 힘들다는 것은 본인도 알고 있었다.

그리고 윤재를 만나 가족들이 새로운 보금자리를 마련하게 되었다고는 하지만, 동민도 이제는 무언가 도움이 되고 싶다는 생각이 들어서였다.

"얼마나 준다는 말입니까?"

동민이 정색을 하며 묻자 의사는 그런 동민을 보며

이야기를 해 주었다.

"처음 달에는 삼백만 원을 드리고, 그 다음부터는
월 이백 씩 일 년간 드리겠습니다."

"그러면 저는 일 년 동안 병원에 피를 제공하는 겁
니까?"

"아닙니다. 연구를 하기 위해 한 삼 개월간만 하시
면 될 겁니다. 그 다음부터는 그냥 드리는 것이라고
보시면 됩니다. 연구에 도움을 주신 것에 대한 보상이
라고 생각하시면 됩니다."

동민은 병원에서 주겠다는 돈을 생각해 보았다.

적지 않은 돈이기는 하지만 솔직히 많은 돈도 아니
라는 생각이 들었다.

"우선 생각을 해 보고 나중에 말씀드리겠습니다."

동민이 그렇게 말을 하자 의사는 당황한 표정이 되
었다.

"저기 환자 분 저희가 드리는 돈이 적어서 그런가
요? 그러면 조금 더 드릴 수도 있습니다. 그리고 환
자 분이 만약에 연구에 도움을 주신다면 지금까지의
입원비는 모두 받지 않을 겁니다."

동민은 입원비를 받지 않는다는 소리에 마음이 심

하게 흔들렸다.

하지만 무언가 다른 것이 있다는 생각이 강하게 들어 우선은 거절을 하였다.

"좋은 이야기지만 우선은 가족들과 상의를 해 봐야겠습니다."

동민은 그렇게 말을 하고는 병실로 돌아온 것이다.

은주는 아빠의 건강한 얼굴을 보니 정말 너무도 좋았다.

"아빠, 이제 아프지 마세요. 아빠가 이렇게 계시니 정말 좋아요."

은주는 아빠의 품속이 정말 따뜻하다는 생각을 하였다.

그런 딸을 보는 동민의 눈에는 따스한 기운이 넘쳐 나고 있었다.

동민이 은주의 어깨를 쓰다듬어 주며 안심을 시켜 주었다.

박 여사는 그런 남편을 보며 정말 눈에서 나오려는 눈물을 억지로 참고 있는 중이었다.

윤재는 은주에게 아빠가 깨어났다는 이야기를 듣고 조금 놀라고 있었다.

"치료의 힘이 그렇게 강한 힘이었나? 어떻게 하루 만에 그렇게 치료를 하는 거지?"

윤재는 자신이 가지고 있는 능력들 중에 한 가지이 지만 그 정도로 놀라운 힘을 발휘하는지는 몰랐는데, 이번에 자신이 전력으로 힘을 사용하면 어떤 결과가 나오는지를 확인하게 되었다.

윤재는 앞으로 치료의 힘을 얼마나 사용하게 될지 는 모르지만, 가족들이 아닌 이상 어지간하면 사용을 하지 않을 생각을 하게 되었다.

물론 사람이 살다 보면 상황이 변할 수도 있다. 그 때는 가서 생각하기로 하고 지금은 사용하지 않기로 마음을 먹고 있었다.

"그래도 치료가 되었다니 좋은 것이라고 생각하자. 은주와 이제 결혼을 하는 일만 남은 건가?"

윤재는 은주와 결혼을 할 생각을 하니 가슴이 흥분 이 되었다.

이제 자신도 새로운 가족을 가질 수가 있게 되었다 는 생각이 들어서였다.

그러면서 과거 자신을 배신하고 도망을 간 친구놈 이 생각이 났다.

당시에는 친구를 원망하며 세월을 보냈는데 지금은 그 친구도 보고 싶었다.

돈이 없이 살 때는 몰랐는데 친구라는 것이 그리 쉽게 기억에서 지워지는 존재가 아니라는 생각을 하게 되었다.

"그놈은 지금 어디서 무엇을 하고 살까? 다시 볼 수나 있었으면 좋겠는데 말이야."

윤재는 그런 생각을 하며 잠시나마 과거의 기억 속으로 빠져들고 있었다.

그러면서 천무단과의 일이 그래도 좋게 해결이 되어서 다행이라는 생각이 들었다.

아직 확실한 것은 아니지만 단장이 직접 만나자고 하는 것을 보니 거의 확정이 되어 자신을 만나려고 하는 것으로 보였다.

'우선 천무단의 일을 최대한 빨리 마무리를 해야 나도 일에 매진을 할 수가 있을 것 같다. 이제 장가도 가야 하니 열심히 살아야지.'

윤재는 은주를 생각하면 아직도 가슴이 훈훈해졌다.

이제는 은주를 가족이라는 생각을 하게 되었기 때문이다.

한편 이 실장은 그동안 천무단과 전쟁을 하기 위해 준비를 하였던 것들을 이제 정리를 해야겠다는 생각을 하게 되었다.

그리고 천무단 때문에 숨어 있는 동생들에게도 연락을 하여 이제는 그럴 필요가 없다는 말도 전해야 했고 말이다.

"이 사장님이 단장과 이야기가 잘되면 앞으로는 어떻게 살아야 하나 걱정이 되네. 그냥 이 사장이 하는 일을 도우면서 봉급이 타면 되지 않을까?"

이 실장은 윤재가 건물을 짓는 건설업을 하는 것을 알기에 그런 생각을 하였다.

자신도 나이가 있어 이제 이런 정보 계통의 일을 하기에는 너무 늙었다고 느껴지고 있어서였다.

그리고 실지로 그렇기도 하고 말이다.

정보는 우선 감이 뛰어나야 하는데 이 실장은 요즘 감이 떨어지고 있다는 것을 실감하고 있었다.

감이 떨어지니 분석력도 떨어지고 결국 나중에는 더 이상 할 것이 없게 되기 때문에 서서히 정리를 해야 하는 시기가 되었다고 판단하고 있었다.

그리고 동생들도 마찬가지였기에 이참에 이들과 함

께 윤재의 회사에 단체로 취직을 하는 것이 좋다는 생
각도 들었다.

"하하하, 이 사장님은 우리가 단체로 취직을 하려
고 하면 어떤 표정을 지을지 궁금하네."

이 실장은 천무단이 정리된다고 하니 그동안 천무
단과 싸인 원한들이 사라지기 시작하면서 마음이 공
허함이 가득 차게 되었다.

사실 천무단에 맺힌 것이 없었다면 윤재를 만나지
도 않았을 것이지만 말이다.

천무단에서는 정보단 수장이 약속을 정한 다음부터
는 빠르게 천무단이 정리가 되기 시작했다.

우선 간부들 중에 정말 형편없는 놈들은 단장이 직
접 정리를 하기 시작했고, 그렇지 않은 이들은 스스로
나가게 하면서 천무단도 서서히 정리가 되어 가고 있
었다.

단장은 천무단을 완전히 해체를 하지는 않았지만
거의 해체를 한 것이나 마찬가지였다.

"자네는 어떻게 하겠는가?"

"저는 그냥 단장님과 같이 가겠습니다. 어차피 다
른 곳이 가서 할 일도 없지 않습니까?"

"그러면 우리 본부를 이제 다른 곳으로 옮겨야 하니 그렇게 알고 준비를 해 주게."

단장은 그렇게 말을 하며 이미 준비를 해 둔 장소를 알려 주었다.

수장은 단장이 제법 치밀하게 준비를 하였다는 것을 알 수가 있었다.

이런 준비를 하였는데 단에서는 아무도 모르고 있었기 때문이었다.

그리고 이제는 그런 단장을 막을 사람이 아무도 없었다.

간부들은 대부분이 정리를 당했고, 물론 일부는 제거를 하였겠지만 말이다.

단장도 그럴 때는 상당히 냉정하게 일을 처리하는 인물이라는 것을 수장은 알고 있었다.

"그렇게 하겠습니다. 그리고 만나기로 한 약속은 어떻게 하실 겁니까?"

"나가서 만나야지. 우리 천무단을 망하게 한 인물이 누구인지 보아야 하지 않겠나? 자네도 같이 만나세."

"하기는 저도 궁금하기는 하네요."

둘은 그렇게 말을 하면서 웃고 말았다.

천무단에 미련을 가지고 있을 때는 몰랐는데 그 미련을 버리고 나니 한결 마음이 편했고 생각하는 것이 달라졌기 때문이다.

하지만 이들은 아직 천무단의 무인들이 남아 있다는 사실을 모르고 있었다.

바로 별동대가 지금 이 시간에도 죽을 각오로 수련을 하고 있다는 사실을 말이다.

별동대가 돌아오게 되면 과연 그들이 어떻게 생각을 할지는 모르지만 천무단이 망한 사실을 알게 되면 별동대가 가만히 있지는 않을 것이기 때문이다.

단장과 정보부 수장은 그런 사실을 알지 못하고 웃고 있었다.

지옥의 수련을 거의 마쳐 가는 별동대가 온다는 것을 모르고 말이다.

4장
지옥에서 복귀한 별동대

윤재는 천무단의 단장과 만나기로 한 장소로 가고
있었다.

윤재는 천무단이 혹시 다른 짓을 할지도 모른다
는 생각에 품에는 암기들을 준비하고 나가는 중이었
다.

놈들은 총기를 사용하기 때문에 상대를 하려면 암
기는 반드시 있어야 했기 때문이다.

윤재가 가는 차량에는 이 실장도 같이 가고 있었다.

마지막은 자신이 참석을 해야 한다고 고집을 부리
는 바람에 함께 가고 있는 중이었다.

"아니, 이 실장님은 그냥 가시지 않아도 되는데 말입니다."

"이제 그 말은 그만하기로 했지 않습니까. 저도 천무단과 마지막은 눈으로 확인을 하고 싶어서 가는 겁니다. 사장님 덕분에 저들과 전쟁에서 승리를 하게 되었지만 저도 천무단과 좋지 않은 관계였고, 저들에게 피해를 입은 당사자였습니다. 그러니 자도 갈 권리는 있습니다."

이 실장의 말대로 그에게도 천무단의 마지막을 볼 자격은 충분했다.

윤재가 걱정하는 것은 이 실장이 가는 것이 문제가 아니라 혹시나 놈들이 다른 수작을 부리고 있을지 모르기 때문에 이 실장이 위험에 빠지는 것을 방지하기 위해서였다.

하지만 이 실장이 이렇게 단호하게 말을 하니 같이 가지 않을 수가 없었기에 함께 가고 있는 중이었다.

오늘은 만남은 천무단의 단장과 정보부 수장이 나오기로 하였다.

약속 장소에 도착을 하자 윤재는 가장 먼저 주변에

누가 있는지를 먼저 확인을 하게 되었다.

기감을 사용하여 주변을 탐색하였지만 많은 사람들이 있는 곳은 없어 보여 조금 안심은 되었다.

'휴우, 다행히 다른 짓은 하지 않을 모양이네.'

윤재는 차를 멈추고 이 실장을 보았다.

이 실장도 막상 약속 장소에 도착을 하니 조금 긴장이 되는 모양인지 눈동자가 굳어 있었다.

"이 실장님 내립시다."

윤재는 그렇게 말을 하고 차에서 먼저 내렸다.

이 실장은 윤재가 차에서 내리자 자신도 서둘러 문을 열고 내리고 있었다.

윤재는 이 실장이 내리는 것을 보고 웃고 있었다.

"하하하, 이 실장님 너무 긴장하지 마세요. 좋은 일로 왔지 않습니까."

윤재의 말에 이 실장은 그런 윤재를 보며 참 간이 크다는 생각이 들었다.

'이 사장님은 정말 간이 커서 저럴 수 있는 건가? 나는 지금 긴장이 돼서 죽겠는데 말이야.'

이 실장은 솔직히 지금 이곳에 온 것을 후회하고 있는 중이었다.

하지만 자신이 고집을 부려 왔기 때문에 윤재를 따라가지 않을 수가 없었다.

윤재는 천천히 이동을 하였고, 이동을 하면서 혹시 하는 생각에 주변을 살피는 것을 멈추지 않고 있었다.

단장과 만나기로 한 장소는 야외에 있는 한적한 식당이었다.

식당의 입구에 도착한 윤재는 이 실장과 함께 안으로 들어갔고 그 안에는 천무단의 단장과 정보부 수장이 먼저 와서 윤재를 기다리고 있었다.

정보부 수장은 윤재의 사진을 보았기에 윤재의 얼굴을 알고 있었다.

윤재가 이 실장과 들어오자 수장이 가장 먼저 손을 흔들었다.

윤재는 손을 흔드는 사람을 보고는 천무단의 인물이라는 것을 알았다.

"저기 있는 모양이네요. 갑시다."

이 실장은 수장의 얼굴을 알고 있는지 수장을 보자 얼굴이 굳어져 버렸다.

"예, 사장님."

이 실장의 대답에 둘은 단장이 있는 곳으로 갔다.

천무단 단장은 윤재가 나이는 어려 보이지만 강한 무인이라는 것을 느끼게 되었고, 강자에 대한 예우로 자리에서 일어서며 인사했다.

"반갑소. 내가 오늘 만나자고 한 천무단의 단장인 윤소평이라고 하오."

"안녕 하십니까. 이윤재라고 합니다."

두 사람은 간단하게 서로의 인사를 하였다.

수장과 이 실장은 서로의 얼굴을 보며 말을 하지 않고 있었다.

이미 두 사람은 서로에 대해 잘 알고 있었기 때문이고 인사를 할 만큼 서로가 친하지 않았기에 그냥 얼굴을 보고만 있었다.

이 실장의 얼굴에는 수장을 보면서 착잡한 표정을 하고 있었고 수장은 그런 이 실장에게 미안한 얼굴을 하고 있었다.

자리를 잡게 되자 단장이 먼저 윤재를 보며 물었다.

"이 사장님이라고 들었소. 그래서 그냥 이 사장님이라고 부르겠소. 개인적으로 한 가지 질문이 있는데 대답을 해 주었으면 하오."

윤재는 개인적인 질문이라는 소리에 의문스러운 눈빛을 하였다.

"어떤 것을 말입니까?"

"우리 천무단은 그동안 국내에 무예에 대해서는 모두 알고 있다고 생각했는데 아직도 일인전승의 문파가 남아 있다는 것이 신기하기만 해서요. 그리고 어떤 무예를 익히고 있는데 그렇게 강해질 수가 있는 거요?"

단장은 솔직히 윤재를 보는 순간 윤재가 이미 자신으로는 감당을 할 수 있는 수준이 아니라는 것을 느끼게 되었다.

강하다는 이야기는 들었지만, 정말 강하게 느꼈기 때문이다.

윤재는 단장의 눈을 보니 진심으로 호기심을 느껴 하는 소리라는 것을 알았다.

그래서 어떻게 설명을 해야 할지를 내심 고민을 하게 되었다.

막말로 신선에게 배웠다고 할 수는 없는 일이었기 때문이다.

그래서 조금은 각색을 하여 이야기를 해 주기로 하

였다.

"우리 문파는 단장님의 생각대로 일인전승의 문파입니다. 과거 고구려의 맥을 이어받았다고 하는데 저는 확실히 장담을 하지 못합니다. 그리고 문파명은 신선문입니다. 우선 신선문에는 살상을 하는 무예가 따로 있는데 가장 강력한 전장에서 사용을 하는 무예입니다. 일격필살의 의지를 담고 있어 적을 절대 살려두지 않는 무예이기 때문에 저도 잘 사용을 하지 않지만, 한번 사용을 하게 되면 저도 중간에 멈추지 못하는 무예입니다. 그리고 내기는 우리 문의 고유 비밀이지만 그냥 말씀을 드리지요. 우리 문파는 대대로 내기를 전수할 수가 있습니다. 한 가지 문제는 본인이 죽을 때가 되어야 가능하다는 것이 문제지만요."

윤재의 설명을 들은 단장은 아직도 일인전승이 이어지고 있다는 것과 대대로 내기를 전해진다는 말에는 진심으로 놀라지 않을 수가 없었다.

"아니, 대대로 내기를 전해 받는 것이 사실이오?"

"그렇습니다. 그러니 제가 강한 것이지요."

단장은 윤재의 말에 솔직히 믿어지지가 않았지만 본인이 그렇게 강한 이유에 대해 설명을 하자 이해는

갔다.

그러다가 죽을 때가 돼서야 전수가 가능하다는 말에 눈빛을 빛냈다.

"혹시 내기를 전해 주는 것이 마지막 죽음을 앞두고 하는 것이오?"

윤재는 단장의 말에 고개를 끄덕였다.

"비밀이라고 하였는데 저는 그런 사실을 비밀로 생각지 않으니 말씀드리지요. 저도 스승님이 본신의 내기를 전수받았습니다. 스승님이 죽음을 목전에 두시고 저에게 내기를 전하신 거지요. 그전에 내기를 전하게 되면 조금 일찍 죽게 되겠지요."

단장은 윤재의 말에 충분히 이해가 갔는지 고개를 끄덕였다.

과거 스승들이 죽기 전에 제자들에게 자신의 내기를 전수하는 일은 상당히 많았다.

하지만 지금은 내기를 사용하는 무인들이 많지 않았고, 또 자연 환경이 전과는 달라 많은 내기를 가질 수가 없었기 때문에 내기를 전하는 방법이 점점 실전이 되어 현대에는 거의 남아 있지 않는 방법이었다.

그런데 윤재는 아직도 그런 고대의 방법으로 내기를 전수받았다고 하니 단장은 놀랍기도 했지만 부럽기도 했다.

그런 단장의 눈빛에는 갑자기 욕심이 생기고 있었다.

"저기 혹시 그 내기를 전하는 방법을 알 수가 있겠소?"

"죄송하지만 그것은 곤란합니다. 저희 사문의 비기이기 때문에 알려 드릴 수가 없습니다. 그리고 설사 알게 되어도 사용할 수가 없을 겁니다. 내기를 전하는 방법은 본인이 죽게 되는 일이니 말입니다."

하기는 죽음을 목전에 두고 사용하는 방법이라고 하였으니 아마도 내기를 전하는 방법이 결국 죽음이라는 것을 말하는 것이기는 했다.

그래도 단장은 욕심이 있는지 아직도 눈 속에는 탐욕이 남아 있었다.

단장은 무인들 중에 일부에게 그 전수 방법을 사용하여 자신에게 내기를 전하게 하면 어떨까라는 생각을 하게 되어 저리 욕심을 가지고 있었다.

천무단에 대해서는 미련이 없는 단장이었지만, 이상하게 내기나 무예에 대해서는 욕심이 많았기 때문이다.

 윤재는 단장이 그런 욕심으로 인해 위험해질 수도 있다는 생각이 들었다.

 하지만 무인이기 때문에 가질 수 있는 욕심이라는 생각이 들어 우선은 그냥 보고만 있었다.

 수장은 이 실장과 두 사람을 보고만 있었는데 단장이 욕심을 부리게 되자 속으로 웃음이 나왔다.

 저런 욕심은 아직도 버리지 못한 것 같아서였다.

 "단장님 우선은 먼저 정리를 하시고 개인적인 이야기를 하시는 것이 좋지 않습니까?"

 수장의 말에 단장은 자신이 지금 정신이 없었다는 것을 깨달았다.

 "험, 아, 이거 미안하오. 내가 솔직히 무인이기 때문에 그런 무예에 대한 욕심이 많다오. 그래서 그런 것이니 오해는 하지 않았으면 하오."

 단장은 윤재에게 정중하게 사과를 하였다.

 윤재는 단장을 보며 그렇게 나쁜 사람으로는 보이지 않았다.

 "이해합니다, 단장님."

 "아, 그 단장이라는 말은 이제 하지 않아도 되오.

우리 천무단은 어제부로 완전히 해체가 되었으니 말이오. 이제 천무단이라는 단체는 더 이상 존재하지 않는다는 말이오. 그리고 이 사장을 만나자고 한 이유는 강한 무인이라는 말을 듣고 개인적인 호기심도 컸으나, 그동안 천무단과 좋지 않은 인연이 있었지만 이제부터는 그런 좋지 않은 관계를 청산하였으면 해서 만나자고 한 것이오."

그러면서 단장은 그동안 천무단이 자신의 생각과는 다르게 운영이 되었던 것에 대한 이야기를 하기 시작했다.

이 실장과 윤재는 윤소평이 하는 이야기를 들으면서 천무단이 해체가 된 이유를 명확하게 알게 되었다.

그리고 단장은 그동안 간부들의 힘 때문에 자신으로서는 통제를 할 수가 없었기에 천무단의 일에는 거의 손을 놓고 있었다는 사실을 알게 되었다.

마지막으로 윤재와 이 실장이 놀라게 된 말은 바로 천무단의 간부들을 단장이 직접 제거를 하였다는 말을 듣게 되었기 때문이었다.

간부들의 실질적인 힘인 무력이 사라지자 단장은

이때가 기회라고 생각하고 바로 간부들을 제거하기 시작했고, 지금은 간부라고 할 수 있는 이들은 거의 없다고 하였기 때문이다.

단장은 그러면서 이제부터는 천무단과 같은 단체가 아닌 정통 무인들만 있는 그런 곳을 만들고 싶다는 자신의 마음을 이야기해 주었다.

윤재는 끝까지 말을 듣고만 있었는데 윤소평의 말속에 거짓이 없어서였다.

"그러면 이제는 천무단은 영원히 사라지게 된 겁니까?"

"그렇소. 이제는 천무단이라는 이름은 없어지게 되었소."

"그렇군요. 그러면 문파를 만드시면 이름을 어떻게 하시려고 하십니까?"

"나는 개인적으로 배달문이 어떨까하고 생각했소."

천무단이 그동안 모은 무예가 모두 배달민족의 무예였기에 배달문이 가장 좋다고 생각하는 모양이었다.

하지만 윤소평이 배달문이라고 생각한 이유는 바로 배달민족 전통의 무예를 자신들만 가지고 있다는 의미로 이름을 그리 지은 것이다.

무인으로 욕심도 있었지만, 정통성을 가지고 싶어서였다.

"그렇군요. 배달문이라…… 그러면 이제부터는 문주님이 되시겠네요?"

"하하하, 아직 정식으로 개파를 한 것은 아니지만 그렇게 될 겁니다."

윤 문주는 윤재가 문주라는 호칭을 해 주자 기분 좋게 웃어 주었다.

평생소원이 바로 문파를 만들어 남들에게 그런 소리를 듣는 것이었는데, 드디어 소원을 이루게 되었기 때문이다.

"오늘부터 천무단과의 악연을 없었던 것을 하지요. 저도 천무단이라는 이름을 잊고 살겠습니다."

"고맙소. 앞으로는 천무단이라는 이름은 없을 것이니 안심해도 좋소. 하지만 이 사장도 무인이니 다음에 기회가 되면 배달문에 와서 무인들에게 새로운 가르침을 주셨으면 하오."

"알겠습니다. 그 정도라면 저도 할 수 있지요."

윤재는 무예를 알려 달라는 것이 아니라 대련을 부

탁하는 것이기 때문에 바로 수락을 하게 되었다.

수장과 이 실장은 두 사람이 하는 이야기를 모두 듣고 있었고, 이제는 천무단이란 단체가 사라지고 없다는 것을 듣고는 각기 얼굴이 달라졌다.

수장의 얼굴은 허탈한 얼굴이었고, 이 실장은 이제 시원한 그런 얼굴이었다.

이 실장은 천무단으로 입은 피해가 상당했지만 그렇다고 지금에 와서 보상을 하라고 할 수도 없는 일이었다.

단장이 하는 이야기를 들어 보니 단장도 모르게 모든 일이 진행이 되었고, 간부들이 자신들의 권력을 탐하는 바람에 일어난 일들이었기 때문이다.

물론 눈앞에 있는 정보부 수장도 그런 간부들 중에 한 명이었기는 하지만, 지금은 개과천선을 하였으니 이 실장도 용서를 하기로 마음을 먹게 되었다.

"우리 이제 우리끼리 할 이야기가 있지 않나요?"

이 실장이 먼저 입을 열었다.

수장은 그런 이 실장을 보며 갑자기 자리에서 일어나서는 정중하게 사과를 하기 시작했다.

"그동안 나로 인해 많은 피해를 입은 것으로 알고

있습니다. 진심으로 당신에게 사과를 드립니다."

수장은 이런 사과로 용서를 받을 생각은 없었지만 마음의 부담을 가지고 가고 싶지는 않은지 진심으로 사과를 하고 있었다.

이 실장은 수장이 이렇게 전격적으로 사과를 할지는 정말 상상도 못한 얼굴을 하였지만 이내 입가에 미소를 그려지고 있었다.

"그 사과, 받아드리지요. 이제는 사라진 단체에 대한 미련을 버리고 살겠습니다. 즉, 원한도 사라졌다는 말입니다."

이 실장의 말에 수장의 눈에는 고마움이 가득 담겨 있었다.

사실 이 실장이 그동안 당한 고통은 이렇게 간단한 사과로 끝날 문제가 아니라는 것을 수장도 알고 있었다.

하지만 이 실장이 모든 것을 잊기로 하였다고 하면서 사과를 받아 주자 수장이 더 고마움을 느낄 정도였다.

"고맙습니다. 진심으로 당신은 대인이십니다."

수장은 느낌 그대로 이 실장을 보며 칭찬을 하였다.

"하하하, 대인이라 너무 칭찬을 하시는군요."

"앞으로는 우리 좋은 사이로 만났으면 합니다."

"그렇게 하지요. 이제는 원수 사이도 아닌데 말입니다."

둘은 그렇게 그동안 좋지 않았던 관계를 청산하였고 윤재는 그런 이 실장이 마음의 부담을 덜어 냈다는 것을 알고는 기분 좋은 미소를 지었다.

아무튼 걱정과는 달리 천무단과는 확실하게 정리가 되었기 때문에 윤재는 이제 걱정이 사라지는 기분이었다.

천무단 아니, 이제부터는 배달문이 되었으니 배달문이라고 해야 했다.

배달문의 문주인 윤소평은 수장과 이 실장이 화해를 하는 모습을 보면서 윤재가 기분 좋은 미소를 짓는 것을 보고는 자신이 잘 판단했다는 생각이 들었다.

윤재를 무시하고 있었다면 아마도 지금 남아 있는 무인들도 모조리 박살이 날 수도 있었지만, 앞으로 자신이 해야 하는 일이 가장 큰 걸림돌이 될 인물이었기에 이렇게 해결을 한 것이 잘했다는 생각이 들게 되었다.

윤재는 배달문의 문주와 기분 좋게 이야기를 마치고 돌아오고 있는 중이었다.

"이 실장님은 이제 어떻게 할 생각입니까?"

"글쎄요? 저도 먹고는 살아야 하니 우리 식구들을 데리고 이 사장님에게 갈 생각을 하고 있습니다. 설마 우리를 받아 주지 않는 것은 아니지요?"

"우리 회사로 온다고요?"

윤재는 이 실장의 발언에 깜짝 놀랐다.

저렇게 능력이 있는 사람이 자신이 운영하는 작은 회사로 온다고 하니 놀란 것이다.

윤재의 그런 반응에 이 실장은 다르게 받아들이고 있었다.

"아니, 왜 놀라십니까? 저희들이 싫습니까?"

"아니, 아니, 그게 아니고요 이 실장님과 같은 실력이 있는 분들이 대거 회사로 온다고 하니 좋아서 그렇지요. 하하하."

"정말이십니까?"

이 실장은 확인을 하기 위해 그런 것인지 다시 물었다.

"저는 언제든지 이 실장님과 그 일행은 환영하니 오십시오. 제가 확실하게 굴려 드리겠습니다, 하하하."

윤재가 호탕하게 웃으면서 대답을 하자 이 실장도 안심이 되는지 입가에 미소가 지어졌다.

사실 직장도 없이 살아온 세월을 생각하면 마음이 그리 좋지는 않았지만, 이제 안정적인 직업을 가질 수가 있게 되었다는 생각이 들자 이 실장도 이제는 자리를 잡아야겠다는 생각이 들어서였다.

그리고 전부터 이 실장도 이제 가정을 가지고 싶은 생각이 자주 들었기에 이참에 마음에 드는 아가씨를 만나 장가도 가고 싶다는 생각이 들었다.

"사장님이 취직을 시켜 준다고 하니 저도 이제 장가나 가야겠습니다, 하하하."

"이 실장님이야 당연히 그렇게 하고 사셔야지요. 그러면 가정도 만들지 않고 제 주변에 있으려고 했습니까?"

윤재는 만약에 혼자 살려고 하는 인물이 있다면 가정을 이루고 오라는 말을 할 생각을 가지고 있었다.

윤재는 고아이기 때문에 가족에 대한 그리움이 많은 사람이었고, 그래서 자신이 아는 모두에게 가족의 소중함을 알려 주고 싶었다.

이 실장도 윤재가 저런 말을 하는 이유를 어느 정도는 알고 있었다.

윤재가 고아라는 사실을 알기에 가족의 소중함을 그리워하는 인물이라는 것을 알고 있어서였다.

"하여튼 사장님이 허락을 했으니 저는 이제부터 사장님의 직원이 되는 겁니다. 물론 동생들도 함께요."

윤재는 이 실장의 말을 듣다가 동생들이라는 소리에 의문스러운 눈빛을 하며 물었다.

"동생들이요? 얼마나 되는데요?"

"아마 한 이십여 명이 될 겁니다. 사장님."

"헉 이십 명이요? 아니 그렇게 많은 인원을 어떻게 감당을 합니까?"

윤재는 이십 명을 갑자기 고용을 하라는 이 실장의 말에 놀란 얼굴을 하고 말았다.

"아니, 사장님이 그 정도의 인원 가지고 놀라시면 어떻게 합니까? 아직 남아 있는 애들도 있는데요."

이 실장은 아주 태연하게 윤재를 협박하고 있었다.

윤재와 이 실장은 그러면서 이동을 하고 있었다.

한편 지옥 수련을 하고 있던 별동대의 인원들은 오늘을 마지막으로 수련을 모두 마칠 수가 있게 되었다.

별동대의 대장인 한석민이 대원들을 보며 입을 열었다.

"우리는 그동안 죽음보다 더 심한 수련을 하였고, 이제 그 결실을 보게 되었다. 과거의 우리는 더 이상 존재하지 않으니 우리는 별동대가 아니고 이제부터는 지옥대라고 불리게 될 것이다. 모두 지옥대의 대원이 된 것을 축하한다."

"으아아아아······."

대장의 말이 끝나자 대원들의 함성을 지르면서 눈에서는 뜨거운 눈물이 줄줄 흐르고 있었다.

이들이 받은 수련은 정말 지옥 그 자체였다. 그런 엄청난 수련을 하면서 참을 수 있었던 이유는 바로 사라졌던 내기가 다시 만들어지고 있었기에 그 지독한 훈련을 마칠 수가 있었다.

물론 이들에게 만들어진 것이 내기이기는 하지만, 그렇다고 예전의 내기는 아니었고 바로 사기였기에 심성이 서서히 변하게 되면서 점점 사악하게 변하게 되어 이들이 지독한 수련을 견딜 수가 있었던 것이다.

  그리고 가장 중요한 것은 이들이 익히고 있는 사공으로 인해 이들의 심성이 변하게 되어 이제는 피를 두려워하지 않은 전사들이 되었다는 것이다.

  지옥대원들의 몸에서 사이한 기운이 넘쳐 났고, 그들의 눈에서는 혈광이 빛나고 있었다.

  지옥대를 만들은 노인은 그런 그들을 보며 입가에 스산한 미소를 짓고 있었다.

  '흐흐흐, 드디어 완성이 되었다. 정파라고 하는 놈들아 기다려라, 나의 작품들이 가서 너희들을 그냥 두지 않을 것이니 말이다.'

  노인은 지옥대를 수련시키면서 이들이 과거의 무공을 버리고 새롭게 알려 준 사공을 익히게 하였다. 사공을 익히고 나면 그 심성이 변하게 되어 살인에 거부감이 없어지고 이들이 원하는 복수심에 미쳐 버리기 때문이었다.

복수를 하기 위해 주변에 자신을 방해하는 인물들은 모두 적이라고 스스로 생각하기 때문에 과거의 인연들도 이들은 적이라고 생각을 하여 전투를 하게 될 것이다.

이들 중에 유독 복수심이 강한 한석민만 아직은 이성을 가지고 있어서 지옥대를 통솔하고 있었다.

노인은 그런 석민을 보며 고함을 질렀다.

"자, 이제 나가서 너희의 힘을 보여 주어라. 세상에 나가 너희를 무서워하게 만들어라."

노인의 지시에 한석민은 대원들을 보며 외쳤다.

"자, 가자. 가서 우리 지옥대의 무서움을 보여 주자."

"가서 복수를 하자. 우리를 이렇게 만들은 놈에게 복수를 하자."

지옥대는 수련을 마치고 모두 그렇게 사회로 나오게 되었다.

지옥대가 떠나고 나자 노인은 하늘을 보며 크게 웃고 있었다.

"크하하하, 이제 지옥대가 나가니 너희들을 심판을 받을 시기가 되었다. 기다려라."

노인은 누구인지는 모르지만 아주 처벌한 외침을 하는 것을 보니 노인도 마찬가지로 복수를 하기 위해 지옥대를 수련시킨 모양이었다.

천무단의 총 본이 있는 자리에 지옥대가 도착을 하였지만 그곳에는 아무도 없는 빈 공터가 되어 있었다.

석민은 그런 총 본을 보며 어이가 없다는 표정을 지었다.

"우리가 죽음을 각오하고 그 지독한 수련을 하였는데 총 본을 버리고 떠났다는 말인가?"

지옥대원들이 비록 혈기가 강하기는 하지만 이는 전투를 할 때 그런 것이지 평상시에는 그래도 이성을 가지고 있는 존재들이었다.

하지만 전과는 다르게 이들의 성격은 좀 과격해졌고 폭력적인 그런 성격으로 변해 있다는 것이 달랐다.

"대장님, 천무단이 우리를 버리고 간 것 같습니다."

"우리가 죽음을 각오하고 있을 때 이들은 겨우 도망을 가려고 했다는 것은 우리를 버린 것이나 마찬가지입니다. 절대 용서할 수 없는 짓입니다."

석민은 천무단이 자신들에게 어떤 존재인지를 생각하게 되었다.

이들이 천무단의 별동대로 있는 동안 단의 지저분한 것들을 처리해 주고 힘들고 모진 일은 자신들이 해결을 해 주었는데 그런 자신들이 사라졌다고 버린다는 것이 석민을 더욱 화나게 하고 있었다.

"이제 천무단도 우리와는 적이라고 생각한다. 우선 천무단을 먼저 찾아 정리를 하고 그 다음, 놈을 찾아간다."

"예, 대장님."

이들은 천무단의 지시로 자신들이 지독한 수련을 하게 되었다는 생각을 하고 있었지만 그래도 천무단의 자신들이 생활을 하고 있었던 곳이기 때문에 좋게 생각하고 있었다. 그런 천무단이 자신들을 버린 것이라고 생각이 들자 절대 용서를 할 수 없다는 것으로 생각이 바뀌어 버렸다.

이는 노인이 지옥대에게 바라는 바였다는 것을 석민은 아직 모르고 있었다.

지옥대가 천무단의 흔적을 찾아 움직이기 시작했다.

하지만 지옥대가 나온 사실에 대해서는 아무도 모

르고 있다는 것이 문제였다.

이로 인해 엄청난 피바람이 불게 된다는 사실을 모르고 말이다.

5장
행복은 멀리 있는 것이 아니다

윤재는 천무단과의 문제를 해결하고는 본격적으로 사업에 전념을 하고 있었다.

　이번 이 실장과 그 동생들을 대거 입사를 시키는 바람에 사무실도 새롭게 얻었고, 외형상으로 보면 제법 규모가 있는 그런 회사로 보이지만 아직은 내부적인 문제들이 자리를 잡지 못한 회사였다.

　새로운 인물들이 아직 업무도 제대로 파악을 하지 못하고 있으니 이는 어쩔 수 없는 일이었다.

　하지만 한 가지 좋은 것이 있었는데 이는 바로 부동산에 대한 정보만큼은 확실하게 가지고 온다는 것이다.

이들이 먹고 살았던 것이 정보였기에 조금 달리 방법을 부동산으로 바꾸었지만, 그래도 그 정보가 어디로 도망을 가는 것이 아니다. 부동산에 대한 확실한 정보를 물어 오니 윤재가 덕분에 땅 문제로 고민을 하지 않아도 되었기 때문이다.

"이 실장님 저번 정보로 산 땅에 바로 공사를 할 수 있게 서류를 준비해 주세요."

"예, 사장님 바로 처리하겠습니다."

윤재의 회사는 공사가 주였지만, 이제는 부동산도 덤으로 하고 있었다.

이는 이 실장이 그쪽으로 아주 정보가 많아서였다.

그리고 이 실장을 따라온 동생들 중에 일부는 정보를 하는 것 보다는 현장 일을 배우고 싶다고 하여 현장에서 일을 하는 이들도 있었다.

모두 열심히 일을 하고 있어 이 실장이 욕을 먹는 일은 없게 하고 있었다.

그리고 이들도 윤재가 사장이고 천무단을 박살 낸 인물이라는 것을 알기에 감히 그런 윤재가 하는 공사장에서 농땡이를 피울 자신이 없었다.

윤재는 이제 회사가 확실히 자리를 잡아가는 것 같아 이번 기회에 종합 건설 회사를 만들 생각을 하고 있었다.

새롭게 만드는 것이 아니라 기존의 회사를 인수하는 방식으로 건설 면허를 취득할 생각이었다.

"이 실장님 우리 회사도 이제 종합 건설로 나가야할 것 같으니 건설 면허를 구입할 방법을 찾아보세요. 기존의 회사들이 많이 있다고 들었는데 그들에게 구입을 하는 것도 나쁘지 않으니 방법을 찾아보시고요. 이제 식구들도 늘었는데 안정적인 직장이 있어야 하지 않습니까."

윤재는 이 실장과 함께 온 사람들에게 확실한 직장을 만들어 주고 싶었다.

그런 윤재의 마음이 이 실장에게 그대로 전해졌고 말이다.

"알겠습니다. 제가 책임지고 알아보겠습니다. 그리고 감사합니다, 사장님."

"이 실장님 이제 우리는 한 식구이니 그런 말씀하지 마세요. 함께 성공하여 편하게 살아야지요."

"하하하, 그럼요. 성공하여 편하게 살아야지요."

이 실장은 윤재가 혼자 독식을 하는 인물이 아니라는 것을 함께 일을 하면서 확실히 알았기에 윤재가 하는 말을 믿고 있었다.

그만큼 윤재에게 믿음을 가지고 있다는 말이었다.

윤재는 이제 본격적인 확장을 생각하고 있었고, 그런 윤재를 막을 존재는 아무도 없었다.

공사도 빠르게 진행이 되고 있었으며 다른 곳과는 다르게 윤재가 지은 빌라는 가장 인기가 있는 곳으로 알려져서 분양도 빠르게 이어지고 있어 각 분양팀에서는 윤재가 공사를 시작하면 서로 분양을 하기를 원하고 있을 정도였다.

윤재는 회사를 설립하면 분양도 자신이 직접 하려고 하고 있었다.

이 실장과 함께 온 사람들 중에는 분양을 시키면 잘할 사람들이 많았기 때문이다.

그들은 지금 윤재의 지시로 인해 열심히 분양을 하는 방법을 배우고 있는 중이었다.

"오빠 조금 쉬었다가 하세요. 너무 힘들어 보여요."

윤재의 비서이자 회사의 꽃인 은주는 윤재를 보며

정말 바쁘게 움직인다는 생각이 들어 하는 소리였다.

"하하하, 이렇게 해야 우리 은주 잘살게 해 주지."

"그렇게 해 주면 고맙기는 하지만, 그래도 너무 힘들게는 하지 마세요. 옆에 보기에 안쓰러워 보여요."

"지금은 어쩔 수 없으니 은주가 좀 이해를 해 주었으면 좋겠어. 지금이 우리 회사에게는 기회이기 때문에 바쁘게 움직일 수밖에 없으니 말이야."

윤재의 말대로 지금이 기회이기는 했다.

이 실장이 능력이 있는 인재들을 데리고 왔고, 그 인재들을 윤재는 적재적소에 투입을 하고 있으니 회사가 발전을 하지 않을 수가 없었기 때문이다.

현장은 최 사장이 이제는 소장으로 정식으로 자리를 잡아서 현장을 이끌고 있었기 때문에 윤재가 없어도 현장은 아주 잘 돌아가고 있었다.

그리고 현장의 문제점은 종현이 다니면서 해결을 하고 있었기 때문에 최 소장도 아주 편하게 일을 할 수가 있었다.

그래서 현장은 최소장과 종현이 책임을 지고 처리를 하라는 지시를 내리게 되었고, 윤재는 가끔 현장에 가서 얼마나 공사가 진행이 되었는지만 보면 되었다.

윤재는 하루가 다르게 발전하는 회사를 보니 솔직히 마음이 뿌듯해졌다.

그때 이 실장의 전화가 왔다.

드드드.

"이 실장님 어떻게 되었습니까?"

─지금 도장을 찍었습니다, 사장님.

이 실장은 종합 건설 회사들 중에 회사가 망하게 된 회사를 인수하는 작업을 하고 있었는데 잘 되었다는 이야기였다.

"그러면 이제 면허는 걱정이 없겠네요."

─예, 전부 가능하게 되었습니다, 사장님.

윤재는 그동안 단종의 면허를 가지고 있었는데 이제는 확실한 건설 회사로 성장을 할 수 있게 준비를 하게 되었다.

"수고하셨습니다, 이 실장님."

윤재는 이제 확실하게 회사를 정리하여 본격적인 성장을 할 생각을 하고 있었다.

공사를 진행하는 것은 어렵지 않았기에 크게 문제는 되지 않았다.

그리고 이제는 입찰을 할 자격도 생겨서 윤재는 기

분이 좋았다.

물론 입찰을 하려면 실적이 있어야 하지만, 그런 실적이야 시간이 지나면 해결을 할 수 있을 것이라고 생각하였다.

당장 회사를 거대 기업으로 만들려고 하는 것도 아니고, 적당하게 식구들이 먹고 살 만한 알찬 기업으로 만들고 싶은 것이 윤재의 생각이었기 때문이다.

윤재는 자신이 하는 일이 이렇게 잘 풀리게 되자 조금 걱정이 되기는 했다.

"이거 너무 갑작스럽게 성장을 하는 것이 아닐까?"

윤재는 아직은 자신에게 많은 자금이 있으니 문제가 되지 않지만, 만약에 자금이 부족하면 그날로 회사가 문을 닫아야 한다는 사실을 잘 알기에 지금도 자금을 철저하게 관리를 하고 있었다.

물론 윤재가 가지고 있는 자금은 충분하기 때문에 회사가 부도를 낼 일은 없을 것이다.

윤재가 지은 공사에 하자가 있는 것도 아니고, 지은 빌라들도 모두 성공적으로 팔려 상당한 이득을 주고 있으니 말이다.

윤재가 그렇게 잘나가고 있을 때 배달문에는 피바람이 불고 있었다.

윤재와의 문제를 해결하고 단장은 배달문을 사람들의 눈을 피해 깊은 곳으로 옮겼는데 그런 이유 때문에 지금 지옥대의 방문을 받고 있었다.

지옥대는 과거의 정보원들을 수배하여 배달문이 있는 위치를 파악하였고, 그 안에 대한 정보를 받아 천무단이 어떻게 변했는지를 알게 되었다.

석민은 천무단이 단장 때문에 해체가 되고 새롭게 배달문이라고 하며 문을 열었다는 사실을 알게 되자 눈에서 불길이 일어났다.

자신의 고향이나 마찬가지인 천무단을 해체를 하고 자신의 욕심을 채우기 위해 배달문을 만들었다는 것이 석민에게는 불같이 화를 내게 하였던 것이다.

"우리를 배신하고 새로운 문파를 만들었다는 것은 절대 있을 수 없는 일이다. 우리가 왜 그런 지옥 같은 수련을 하였는지 저들에게 확실하게 알려 주자."

"대주님의 명령에 따르겠습니다."

"지금 우리는 배달문을 친다. 단 한 명도 살려 두지 마라. 우리의 힘이라면 저들은 절대 우리의 상대가 되지 못한다."

지옥대는 석민의 말에 가슴속에서 혈기가 돌기 시작하였고, 그들의 눈길에는 혈기가 가득하게 되었다.

이는 이들이 살심을 가졌을 때 나타나는 현상으로 살기가 일면 혈기가 이성을 잠식하기 때문이었다.

"크크크, 배신자에게는 죽음을……."

"모조리 죽여 버리겠다. 크크크."

마치 살인마들 같은 음성으로 말을 하는 지옥대원들은 눈으로 보기에도 정상인이 아니었다.

모두 살기에 이성을 잃고 있었고, 그들의 몸에서도 서서히 붉은 혈기가 생성되기 시작하고 있었다.

지옥대는 지금 살인을 하고 싶어 미칠 것만 같은 기분이었다.

석민은 자신도 마찬가지였기에 서서히 눈이 붉어지고 있었다.

이들의 이성은 점점 사라지고 있었는데 이는 시간이 지날수록 더욱 강해지려고 하는 마음 때문이었다.

그리고 오늘 이들이 살인을 하고 나면 붉은 혈기는 더욱 강해질 것이고, 이들은 더 이상 인간이라고 불릴 수가 없는 존재들로 변하게 될 것이다.

노인은 지옥대를 그렇게 수련을 시켰기 때문이다.

정파라는 무인들을 말살하기 위해 이들을 만들었기 때문이다.

살인을 하면 할수록 자신들이 강해진다는 것을 본 능적으로 알게 되면 더욱 많은 살인을 하게 될 것이기 때문이다.

이는 혈기가 바로 사람의 피를 원하기 때문이었다.

인간에게는 누구나 가지고 있는 선천적인 기운이 있는데 이들이 익히고 있는 사공을 그 선천기를 사람의 핏속에서 흡수를 하기 때문에 강해지는 것이다.

특히 무인에게는 일반인과는 질이 다르게 강한 기운이 남아 있기 때문에 지옥대는 살인을 하는 순간부터 더 이상 인간이라고 할 수는 없는 존재들로 남게 되기 때문이다.

그 후로는 살인의 유혹을 참지 못하기 때문이었다.

물론 무인들이 있으면 더욱 강한 유혹을 받게 되기 때문에 이들도 무인을 보는 순간에 상대를 죽이려고 덤벼들게 되었다.

배달문의 입구를 지키고 있는 남자는 갑자기 제법 많은 수의 무리들이 다가오자 고함을 질렀다.

"누구냐?"

"……."

상대는 아무런 대답을 하지 않고 남자에게 다가왔다.

그런데 상대의 손에는 남자가 생각지도 못한 물건이 들려 있는 것이 아닌가?

"헉, 검을 들고 있다! 적이다!"

남자는 고함을 질렀고 바로 품에 보관을 하고 있던 삼단봉을 꺼냈다.

배달문의 무인들이 기본적으로 휴대하고 있는 봉이었는데 특수 금속으로 만들어 아주 단단하게 만들은 무기였다.

남자가 삼단봉을 꺼내는 것을 보자 다가오던 지옥대의 눈빛이 더욱 짙은 혈기가 감돌았다.

"크크크, 죽어라."

지옥대의 검에서는 붉은 혈기가 미약하지만 검을 감싸고 있었다.

챙챙챙.

서걱!

"크아악!"

남자는 지옥대의 공격을 최대한 방어를 하며 공격을 하려고 하였지만, 세 번의 방어를 하고는 이내 팔이 잘리고 말았다.

바닥에 팔이 잘려 떨어지는 것을 보고 있는 남자는 정신이 몽롱해졌고, 지옥대는 피를 보자 더욱 광기가 생겨서 검으로 남자의 가슴을 깊숙이 찔렀다.

스윽!

"커억!"

남자는 그대로 피를 뿜으면 죽고 말았다.

핏물이 지옥대의 얼굴에 튀기자 지옥대원은 그 피를 흡수하는 것인지 더욱 강한 혈기를 뿜고 있었다.

"크크크, 피가 있어야 강해진다."

지옥대의 말에 다른 대원들도 강렬한 핏빛 눈빛을 하며 안으로 진입을 하게 되었다.

지옥대의 진입으로 인해 배달문은 엄청난 혼란을 겪게 되었다.

"적이라니 누가 쳐들어온 거냐?"

안에는 적이라는 소리에 모두 기겁을 하고는 각자 무기를 들고 정문이 있는 곳으로 달려 나오고 있었는데 이 때 지옥대가 진입을 하고 있을 때였다.

지옥대는 안 그래도 피가 부족하였는데 눈앞에 무인들이 보이자 커다란 살심을 일으키게 되었다.

이미 피를 보는 순간에 이들은 이성을 잃고 말았기에 더 이상 이들에게는 친구나 가족이 존재하지 않았다.

지옥대는 들고 있는 검으로 바로 공격을 하기 시작하였다.

"막아라! 놈들에게 검을 사용하지 못하게 하라!"

배달문의 무인들 중에 한 명이 그렇게 소리를 쳤지만 지옥대의 상대가 되지 않았다.

챙챙챙.

서걱! 푸욱!

"크아악!"

"아아악!"

"크윽!"

배달문의 무인들은 속수무책으로 당하고 있었다.

이들이 당할수록 지옥대는 더욱 강해지고 있었기에 배달문의 무인들은 그런 지옥대를 상대하다가 점점 위기에 몰리게 되었다.

그때 가장 뒤에 있는 남자가 고함을 질렀다.

"뒤로 후퇴를 하라. 놈들은 우리의 상대가 아니다."

남자의 고함 소리에 배달문의 무인들은 빠르게 뒤로 물러서려고 하였지만, 지옥대는 그런 이들을 그냥 두지를 않았고 바로 추적을 하면서 살상을 하고 있었다.

지옥대의 눈빛이 이미 살광으로 가득 차 있어서 더이상 이들을 말리 수가 없었다.

피를 보는 순간에 이미 정신이 마비를 하였는데 무슨 수로 이들을 막겠는가 말이다.

사방에는 배달문의 무인들이 흘리는 피로 바닥을 적시고 있었지만 지옥대는 그런 피를 보며 더욱 광기를 발하고 있었다.

챙챙챙.

서걱! 푸욱!

지옥대의 공격으로 배달문의 무인들의 수는 점점 줄어들고 있었다.

그때 배달문의 문주인 윤소평과 그를 따르는 무인들이 나오고 있었다.

이들은 적이라는 소리를 들었지만 배달문을 공격할

적은 없다고 생각하고 있다가 비명 소리가 들리기 시작하자 준비를 하고 나오게 된 것이다.

윤소평은 지옥대를 보는 순간 이들이 누구인지를 알 수가 있었다.

"아니, 저들은 별동대의 대원들이 아니냐?"

"그렇습니다. 그런데 저들이 우리를 공격하는 이유를 모르겠습니다. 지금 절반이 넘는 무인들이 저들에게 죽음을 당했습니다, 문주님."

소평은 지옥대원들을 세밀히 살펴보았고 지금 저들은 정상이 아니라는 것을 금방 알 수가 있었다.

그러다가 문득 과거의 기억이 살아나는 윤소평이었다.

"헉! 저것은?"

윤소평이 과거 한 무인을 만난 적이 있었고 그 무인이 익히고 있는 무공이 사공이라는 것을 알게 되자 무인을 몰래 따라가게 되었다.

그리고 그의 가족들이 있는 것을 알게 되어 소평은 비겁하지만 사공을 익힌 무인을 이길 수가 없다는 것을 알고는 가족들을 인질로 잡아 무인을 협박하게 되었다.

"당신이 내공을 버린다면 가족들이 살 수가 있을 거요."

"당신도 무인이면서 가족을 인질로 잡아 상대를 협박한다는 말인가?"

"미안하오. 하지만 당신은 내가 감당할 수가 없을 정도로 강하니 나로서는 어쩔 수 없는 일이었소."

남자는 소평의 협박에 피눈물을 흘리며 결국 내공을 포기하게 되었다.

"좋다. 내공을 버리면 우리 가족들을 살려 주겠는가?"

"약속하겠소. 이는 정파의 이름을 걸고 하는 약속이니 믿어도 좋소."

남자는 그 말에 바로 내공을 날려 버렸고, 그대로 쓰러지고 말았다.

"크윽! 약속을 지키리라 믿는다."

"걱정하지 마시오. 가족들은 무사하게 될 것이니 말이오."

그러면서 남자의 가족들을 살펴보게 되었는데 소평의 한 가지 실수가 있었으니 바로 남자가 사공을 익히고 있었고 그는 마지막 내공을 날리면서 그 기운의 일부가 소평에게 갔다는 것이다.

소평은 남자의 아내를 보는 순간 알 수 없는 욕정이 정신을 지배하게 되어 버려 순식간에 몸이 불길에 타는 것 같은 불같은 욕정을 느끼고는 순간 정신을 잃고 여자를 강간하고 말았다.

소평이 아내를 강간하는 모습을 보고 있던 남자는 피눈물을 흘리며 몸을 움직였고 조용히 사라지고 있었다.

소평은 남자가 사라지는 것도 모르고 여자를 강간하고 있었다. 여자는 그런 소평의 비열한 짓에 혀를 깨물고 자결을 하고 말았다.

소평은 강간을 마치고 정신을 차리자 자신이 한 짓을 알게 되었고 순간적으로 당황을 하고 말았다.

"이럴 수가…… 내가 이런 짓을 하였다는 말인가?"

소평은 자신이 여자를 강간하여 자결을 하게 만들었다는 생각에 처음에는 죄책감에 빠졌지만 이내 아무도 모르는 일이라는 생각이 들어 남아 있는 가족들을 모조리 죽이고 말았다.

가족들은 모두 소평이 제압을 하여 묶어 두었기에

도망도 가지 못하고 있었기 때문이다.

소평은 목격자들을 모두 죽이고 나자 가장 중요한 인물이 사라졌다는 사실을 알게 되었다.

"찾아야 한다……. 놈은 사공을 익힌 사악한 존재이기 때문에 나는 죄를 지은 것이 아니다."

소평은 그렇게 생각을 하고는 남자를 찾았지만 십여 일을 찾아도 남자는 발견할 수가 없었다.

그 후로 소평은 그 일에 대해 잊으려고 하였지만 살면서 딱 한 번 죄를 지은 것을 잊을 수는 없었다. 항상 마음에 남았는데 지금 자신이 보고 있는 지옥대가 바로 그 남자의 무공을 사용하고 있었다.

"허허허…… 내가 지은 죄를 이렇게 받게 되는구나."

윤소평은 남자가 이들을 키워 이곳으로 보낸 이유를 알고 있었다.

아마도 이들은 지금 자신의 예상대로 이성을 잃었기 때문에 자신들이 누구인지도 모르고 이런 짓을 하고 있을 것이기 때문이었다.

피를 갈구하는 사악한 사공을 익히고 나면 반드시 피를 극복할 수 있도록 스승이 돌봐 주어야 했는데 지옥대는 그런 스승이 없다는 것은 이들도 버려진 패라는 말이었다.

소평은 이대로 무인들의 희생을 두고 볼 수는 없는 일이었기에 검을 뽑았다.

채앵!

"배달의 무인들은 들어라! 저들은 과거 우리의 친구였지만 지금은 우리를 죽이는 무리들이다. 우리의 식구들을 죽인 저들은 우리의 적이니 적들을 처단한다!"

"와아아, 적을 죽이자!"

"놈들을 죽여라!"

배달의 무인들도 검을 들고 지옥대를 공격하였고, 윤소평의 무공은 다른 무인들과는 다르게 상당한 수준이었다.

결국 윤소평은 지옥대의 대장인 석민이 상대를 하게 되었다.

"이놈, 사공을 익혀 아주 정신 나갔구나."

"크크크, 네놈들이 배신을 하지 않았으면 이런 일이 생기지도 않았다. 죽어라."

챙챙챙,

윤소평도 만만치 않은 실력이기 때문에 석민도 승기를 잡을 수는 없었다.

윤소평과 석민이 팽팽하게 대결을 하기 시작하였지만 다른 무인들은 그렇지가 않았다.

지옥대원들이 피를 보면 볼수록 점점 더 강해지니 무인들이 점점 더 힘들어지기 시작한 것이다.

"놈들도 인간이다. 모두 개인적으로 상대를 하지 말고 합격진으로 상대를 해라."

한 남자가 고함을 치자 무인들이 합격을 하기 시작했고, 어차피 죽여야 한다는 생각에 배달의 무인들도 사력을 다해 지옥대를 상대하고 있었다.

여기서 도망을 갈 수는 없었기 때문이다.

서로가 죽이기 위해 사력을 다해 상대를 하니 배달의 무인들도 지옥대원들을 죽이기 시작했다. 점점 전투를 승자를 알 수 없는 상황으로 진행이 되고 있었다.

배달의 무인들이 실력으로는 약하지만 수가 많았기에 합격을 하기 시작하자 지옥대도 고전을 면치 못하기 시작했고 점점 지옥대의 수가 줄어들기 시작했다.

"놈들이 줄어들기 시작한다. 조금만 더 힘을 내자."

남자는 얼굴에 피투성이가 되어서도 지지 않으려고 그런 것인지 사력을 다해 고함을 지르고 있었다.

"죽어라!"

배달문의 무인들도 죽기를 각오하고 상대를 하니 지옥대원들도 죽기 시작하였다.

윤소평은 배달문의 무인들이 처음과는 다르게 상당한 수의 무인들이 죽은 것에 진심으로 화가 났다.

"이놈들 절대 용서를 할 수가 없다."

윤소평이 마지막 남은 전력까지 사용을 하기 시작하자 석민이 밀리기 시작했다.

아직은 윤소평의 내력을 상대하기에는 석민의 내력이 부족하였기 때문이다.

그때 입구에서 커다란 웃음소리가 들렸다.

"크하하하, 네놈도 별 수 없이 죽는 날이 오는구나."

그러면서 안으로 들어오는 노인은 바로 지옥대를 수련시킨 사람이었다.

윤소평은 노인을 보자 놀라움에 검이 흔들릴 정도였다.

챙챙.

서걱!

"크윽!"

윤소평은 검이 흔들리는 바람에 석진의 검에 팔이
베이고 말았다.

윤소평은 급히 뒤로 물러났다.

노인이 나타나니 지옥대의 모든 이들이 공격을 멈
추고 서 있었다.

덕분에 배달문의 무인들이 잠시 정신을 차릴 수가
있었지만 말이다.

"다…… 당신은 그때 죽지 않았소?"

"네놈은 두고 내가 죽을 수가 없었다. 가족들을 몰
살시킨 네놈을 두고 내가 얼마나 칼을 갈았는지 아느
냐?"

노인의 말에 윤소평은 자신도 모르게 신음이 나오
고 말았다.

"으음……."

"그동안 기회를 노리고 있었는데 드디어 하늘이 나
에게 복수를 할 수 있는 기회를 주었는데 내가 어떻게
참고 기다릴 수가 있겠느냐? 하하하."

노인의 웃음소리에는 처절한 한이 담겨 있었다.

많은 세월을 복수를 생각하며 살아온 놈의 삶이었으니 지금 복수를 할 수 있는 기회가 왔으니 노인의 그 기쁨과 회한이 어린 그런 눈물을 흘리고 있었다.

윤소평은 노인의 말속에 오늘은 자신이 절대 살아남을 수가 없다는 생각을 하게 되었다.

'오늘 나의 일생도 여기서 끝이 나겠구나. 지난날의 실수가 결국은 나의 발목을 잡고 마는구나.'

윤소평은 항상 마음속에 남아 있던 죄책감을 덜게되었지만 덕분에 자신의 목숨이 걸어야 하였다.

하지만 자신이 혼자라면 모르지만 여기는 다른 사람들도 있었기 때문에 이대로 그냥 죽어 줄 수는 없는 윤소평이었다.

"당신이 잘못한 것은 생각지도 않고 오로지 나에게만 죄가 있다고 하는군요. 당신이 사공을 익히지 않았다면 그날의 일은 발생하지도 않았을 것이오!"

윤소평은 마지막 발악을 하려고 하는지 노인을 보고 고함을 질렀다.

그런 윤소평의 고함에 무인들도 들었고, 이들은 노인이 사공을 익혀서 윤소평이 그에 대한 벌을 주었다는 생각이 들게 하였다.

"크하하하, 사공이라고 했냐? 그래, 내가 사공을 익혀 너희에게 피해를 주었느냐? 아니면 사람을 죽였느냐? 나는 비록 사공을 익히기는 했지만 가족들과 조용히 산에서 살고만 있었을 뿐이다. 그런데 너는 그런 나를 협박하기 위해 가족들을 인질로 잡았지 않느냐? 그리고 항복을 한 나를 두고 나의 아내를 강간까지 한 놈이 정상이라는 말이냐?"

노인의 적나라한 말에 배달문의 무인들은 놀라는 얼굴을 하고 소평을 보게 되었다.

소평은 이미 노인이 사실을 모두 말하였기에 더 이상 변명은 필요가 없다고 생각했다.

"그 당시 당신이 사공으로 나를 그렇게 만들지만 않았다면 그날 그런 일은 생기지도 않았을 것이오, 나도 내기를 사용하는데 그날 일이 생각해 보시오. 갑자기 미칠 듯한 욕정이 생기는 이유가 무엇인지 말이오. 바로 당신 때문에 발생한 일이오. 그 사공 때문에 나도 제어를 하지 못하는 엄청난 열기 때문에 그런 일이 생겼으니 이는 나만의 잘못은 아니라고 말이오. 당신에게도 일말의 책임은 있다는 것을 알고나 하는 소리요?"

소평의 대답에 노인은 눈빛이 흔들리기 시작했다.

하지만 이내 눈빛에는 살기가 흐르기 시작했고, 노인의 입에서는 잔인한 지시가 내려지고 있었다.

"흐흐흐, 그런 말은 이제 필요 없으니 그냥 죽어야겠다. 너희 같은 무인들은 이 세상에서 필요가 없으니 말이다. 모두 죽여라."

노인의 지시에 지옥대의 대원들이 괴성을 지르며 공격을 시작하였다.

"크아아아!"

챙챙챙.

"크아악!"

"아악!"

지옥대원들은 이상하게 노인이 오니 더욱 강한 힘을 사용하고 있었다.

소평은 노인이 나타나자 더 강한 힘을 사용하는 지옥대원들을 보며 이를 갈았다.

"으으…… 이 인간 같지도 않은 놈들이……."

"크크크, 네놈은 인간 같은 짓을 하였다고 생각하는 모양이지? 너도 같은 놈이야."

지옥대의 대장인 석민은 아직 정신이 완전히 노인

에게 제압이 되지 않았는지 아직은 공격을 하지 않고 있었다.

그러나 노인의 눈빛이 사이하게 변하면서 석민의 눈동자도 짙은 혈기를 뿜기 시작했다.

"놈을 죽여라."

노인의 지시에 석민은 검을 들고 다시 소평을 공격하기 시작하였다.

석민의 검에서도 더욱 강한 붉은 검기가 형성되어 갔다.

쉬이익, 챙챙챙.

소편도 석민의 공격에 최대한 방어를 하면서 공격을 기회를 노리고 있었다.

소평은 지금 노인이 옆에 있어서 마음이 불안한 것은 사실이었다.

그만큼 노인이 합세를 하면 자신이 당할 수가 없었기 때문이었다.

석민의 검기가 소평의 어깨를 노리고 바람처럼 빠르게 날아왔고, 소평은 자신의 검으로 이를 비껴 쳐내고 있었다.

챙챙.

'크윽, 놈의 검기가 더욱 강해지고 있으니 어떻게 해야 하지?'

석민의 혈기가 더욱 강해지니 소평도 이제는 감당하기가 쉽지 않을 정도였다.

노인은 지금 자신의 혈기를 이용하여 지옥대원들과 석민이 더욱 강하게 만들고 있었다.

결국 노인이 죽기 전에는 이들의 살기를 감당할 수가 없다는 이야기였다.

하지만 소평의 실력으로는 노인을 감당할 수가 없는 일이었다.

'크윽, 이럴 때 그 사람이 있었으면 이들을 물리칠 수가 있을 텐데.'

소평은 윤재를 생각하고 있었다.

6장

악연을 정리하다

정보부 수장은 지옥대가 공격을 시작하자 재빨리
안으로 숨어들어 윤재에게 전화를 걸었다.

  드드드.

  "여보세요?"

  ―안녕하십니까. 저는 전에 만났던 천무단이 정보부
수장입니다. 기억하실지는 모르지만 지금 우리 배달문
이 상당히 위험한 상황입니다. 제발 좀 도와주십시오.

  수장은 급하게 도움을 요청하였지만 윤재는 갑자기
걸려 온 전화에 아직 상황을 파악하지를 못하고 있었다.

  "무슨 소리입니까? 도와달라니요? 거기 무슨 일이

있습니까?"

―지금 놈들이 쳐들어와서 우리 무인들을 사정없이 죽이고 있습니다. 제발 좀 도와주십시오.

수장의 목소리에는 다급함 담겨 있었다.

윤재는 그런 수장의 목소리를 듣고는 이들이 지금 상당히 위험한 일을 당하고 있다는 생각이 들었다.

배달문의 문주인 윤소평을 만나 보았기에 그의 실력을 어느 정도는 알고 있다. 그런 무인들이 있는 곳이 위험하다는 소리는 그만한 상대가 나타났다는 말이었다.

'도대체 배달문을 공격할 단체가 있다는 말인가?'

윤재는 이상한 느낌이 들었지만 우선은 이들이 죽게 둘 수는 없는 일이라고 판단이 들었다.

어찌 되었던 자신과는 이제 완전히 관계가 정리를 한 곳이기 때문에 자신에게 이런 도움을 요청하고 있다는 생각이 들었고, 이들에게 도움을 주면 나중에 자신도 이들에게 도움을 받을 수가 있을 것이라는 생각이 들어서였다.

"거기 위치가 어딥니까?"

"전에 말씀드린 그 장소입니다. 지금 별동대 놈들

이 죽지 않고 사공을 익혀서 무인들을 죽이고 있습니다. 빨리 오셔야 합니다. 시간을 최대한 끌어 보겠지만 지금도 위험합니다."

수장은 이들이 별동대라는 말을 전해 주었기에 윤재는 눈빛이 달라졌다.

'응? 별동대라면 그때 내가 내기를 모두 없애 버린 놈들이잖아? 그런데 사공을 익혔다는 것은 또 무슨 소리지?'

윤재는 그런 의문이 들었지만 우선은 저들이 급하다는 생각이 들어 바로 움직이기 시작했다.

윤재는 전에 윤소평과 만남을 가졌을 때 배달문이 어디에 있는지를 알게 되었다.

이는 윤소평이 윤재가 와서 무인들에게 가르침을 주었으면 한다는 말을 하며 알려 주었기 때문이다.

"알겠습니다. 지금 바로 출발을 하지요."

윤재는 우선 급하기 때문에 질문은 나중에 하기로 하고 우선은 이들을 구하기 위해 출발을 하기로 하였다.

윤재가 빠르게 차를 몰고 배달문이 있는 곳으로 가고 있을 때 이미 배달문은 절반에 가까이 피해를 입고 있었다.

그만큼 지옥대의 가공할 힘을 배달문이 감당을 하지 못했기 때문이었다.

윤소평이 석민의 혈기에 점점 밀리기 시작할 때 윤재가 도착을 하였는데 윤재는 배달문을 공격하고 있는 이들을 모두 확인을 할 수가 있었다.

'얼레? 저놈들은 그때 그놈들인데 어떻게 저렇게 강해진 거지? 그리고 저 혈기는 또 뭐야?'

윤재는 그렇게 생각을 하는데 갑자기 몸속에서 기운들이 요동을 치는 것을 느끼게 되었다.

마치 이거는 절대적인 적을 만나서 더욱 강해지고 있는 것처럼 윤재의 몸속에 있는 기운들이 요동을 치고 있는 것 같았다.

'응? 이런 저놈들이 사용하는 혈기 때문에 그러는 모양이네. 우선은 놈들이 더 이상 살인을 하지 못하게 하는 것이 중요하니 놈들을 공격해야겠다.'

윤재는 그렇게 생각을 정리하고는 바로 몸을 움직였다.

쉬이익!

윤재는 바람처럼 빠른 몸을 움직여 우선은 지옥대

원들이 있는 곳에 도착을 하였고 바로 배달문의 무인들을 공격하고 있는 지옥대를 공격하였다.

쉬, 쉬익, 쉬익.

퍽, 퍼석, 퍽.

"커윽!"

"크윽!"

"크아아!"

지옥대는 비명도 각기 달리 지르며 쓰러지고 말았는데 이는 윤재가 암기를 사용하여 놈들의 혈도를 건드리는 바람에 그런 것이다.

사혈은 아니지만 윤재가 건드리는 혈은 이들에게는 가장 중요한 혈기가 움직이게 하는 혈이었기에 그 혈에 암기를 쏘아 놈들이 움직이지 못하게 하고 있었다.

윤재가 합류를 하자 배달문의 무인들도 얼굴이 밝아지고 있었다.

지옥대원들이 갑자기 쓰러지기 시작하자 노인은 금방 눈치를 채고는 고함을 질렀다.

"어떤 놈인데 감히 나의 일을 방해하는 것이냐?!"

노인은 윤재를 보며 날카로운 눈빛을 하고 있었다.

그런데 노인의 눈 속에는 붉은 혈기가 자리를 차지

하고 있어 마치 공포영화에 나오는 괴물 같은 느낌을 주고 있었다.

윤재는 지옥대원들이 쓰러지자 남아 있는 놈들은 배달문의 무인들이 충분히 감당을 할 수가 있는 것으로 보였기에 손을 털고 노인이 있는 곳으로 걸어갔다.

"여기는 이제 알아서 처리를 하세요. 저는 저기 노인과 면담을 해야 할 것 같습니다."

배달문의 무인들은 이미 지옥대를 단체로 상대하는 방법을 익혔는지 대답도 하지 않고 바로 지옥대원들을 상대하기 시작했다.

지옥대원들 중 이윤재에게 당한 수가 다섯이나 되어서 그런지 아까와는 다르게 이들도 배달문을 상대로 힘들어지고 있었다.

윤재는 노인을 보며 입을 열었다.

"내가 누군지 궁금하면 먼저 신분을 밝히는 것이 예의 아닙니까? 노인장은 누구인데 이렇게 많은 사람을 죽이는 겁니까?"

윤재의 물음에 노인은 더욱 강렬한 혈기를 뿌리며 윤재를 보고 고함을 질렀다.

"감히…… 나의 작업을 방해 하다니 용서를 할 수가 없다, 이놈, 죽어라!"

노인의 손에서는 혈기가 그대로 날아서 윤재를 덮치고 있었다.

이는 일종의 강기로 상대를 죽이는 방법이었는데 이미 실전이 되었다고 알려져 있는 강기를 노인이 사용을 하자 윤재도 그런 노인을 가볍게 볼 수는 없었다.

윤재는 혈기가 자신을 공격하자 이내 몸의 기운을 이용하여 강기를 막았다.

윤재도 강기를 사용하기 때문에 가능한 일이었다.

윤재의 몸에서는 푸른빛이 나와서 붉은 강기와 부딪치게 되었다.

꽈꽈꽝!

엄청난 소음이 일어나면서 땅에서는 먼지가 자욱하게 주변을 덮치게 만들었다.

노인은 윤재가 강기를 사용하는 것을 보았기에 윤재가 아직 죽지 않았다는 것을 알고 있었다.

"이놈! 강기를 익혔다고 하지만 아직 나에게는 부족하다. 이번에는 확실하게 죽여 주마."

노인은 그렇게 외치며 다시 붉은 강기를 만들었다.

그때 윤재는 자신이 배운 능력 중에 하나를 사용하고 있었다.

"이동!"

윤재의 몸은 순식간에 사라졌고, 그 몸은 노인의 뒤에 나타나게 되었다

윤재는 노인의 몸을 향해 자신의 강기를 사용하여 공격하였다.

퍼엉!

"으윽! 울컥!"

노인은 윤재의 강기 공격에 그대로 적중이 되자 몸이 뒤로 물러났고 이내 입에서는 붉은 피를 토하고 있었다.

"노인장 몸도 좋지 않은 모양이오? 그 정도로 벌써 피를 보이는 것을 보니 말이오."

윤재의 말에 노인의 눈이 더욱 붉어지고 있었다.

"이…… 이놈이 감히 나를 가지고 놀려? 죽어라."

노인은 이번에는 사력을 다해 강기를 만들었는지 노인의 몸에서 전체적으로 붉은 기운이 넘실거렸다.

아까와는 다르게 이번에는 상당한 기운이 느껴질

정도로 상당한 양의 기운이었다.

윤재도 이번에는 얼굴이 굳어지고 있을 정도로 말이다.

'아니, 이 노인네가 미쳤나? 선천진기를 사용하고 지랄이네?'

지금 노인의 자신의 선천진기까지 동원을 하여 윤재를 공격하려고 하였다.

그런데 문제는 윤재가 피하게 되면 지금 윤재가 있는 위치가 배달문의 무인들이 지옥대를 상대하고 있는 앞이라 배달문의 무인들이 피해를 입게 되기 때문에 피할 수도 없는 일이었다.

이번 기운은 상당히 강해서 윤재도 어쩔 수 없이 노인의 공격을 막을 수밖에 없었다.

윤재도 급하게 자신의 모든 기운을 모았고, 그러자 윤재의 몸에서 푸른빛이 넘쳐 나게 되었다.

그런데 윤재도 모든 기운을 끌어모아서 그런지 푸른빛이 전과는 다르게 진한 색상을 만들고 있었다.

노인의 입에서는 마지막 공격이 시작이 되었다.

"혈세천하!"

노인은 그렇게 외치면서 몸에서 일어나는 모든 혈

기에 힘을 주자, 혈기는 마치 바람을 타고 가는 것처럼 빠르게 윤재를 향해 포위를 하는 형식으로 공격을 하였다.

노인은 모르지만 윤재에게도 비기가 있었다.

바로 과거 윤재의 눈 속으로 들어갔던 글자들이었는데 그것은 바로 고대의 무예였다. 윤재는 이를 익혔기에 노인이 생각하는 이상으로 강해져 있었다.

"천붕!"

윤재는 자신의 기운을 내뿜으면서 외쳤다.

윤재의 외침에 파란빛으로 변한 윤재의 기운이 붉은 기운을 덮쳤고, 파란 기운의 기가 더 강했는지 엄청난 파동이 생기고 있었다.

꽈꽈꽝, 우르르, 꽝!

우지직, 꽈광!

"크아아악!"

엄청난 굉음과 같이 노인의 처절한 비명이 주변을 울렸다.

윤재와 노인의 강기로 인해 주변이 박살이 났고 배달문의 무인들도 그 힘의 여파에 쓸려 날아가고 있었다.

"으아악!"

윤재는 아직 기운이 남았는지 버티고 있었지만, 이는 소평과 석민도 마찬가지로 당하고 있었다.

둘은 치열하게 전투를 하고 있다가 갑자기 몰아친 폭풍 같은 바람에 몸이 말을 듣지 않았고 이들도 결국은 그 바람에 휩싸여 날아가고 있었다.

약간의 지나자 어느 정도 주변을 살필 수 있게 되었고 윤재는 가장 먼저 노인을 찾았다.

그런데 노인의 상태는 눈으로 보기에도 참혹해 보였다.

한쪽 팔은 어디로 갔는지 보이지가 않았고, 그 몸도 엄청난 부상을 입었는지 온전해 보이지가 않았다.

"울컥, 울컥! 네…… 네놈이 나의 복수를 방해 하는구나."

노인은 이제 더 이상은 기운을 사용할 수가 없는지 눈에서 보이는 붉은 혈기는 없었다.

대신 붉은 혈기 대신에 완전히 창백해진 얼굴을 하며 중얼거리고 있었다.

"노인장 개인의 복수를 하려면 나도 상관을 하지 않았을 겁니다. 하지만 노인장은 그런 개인의 복수가 아닌 많은 이들을 죽이려고 하였기 때문에 나도 개입을 한 것입니다. 여기 모여 있는 이들이 노인에게 무슨 잘못을 했다고 저들을 죽이려고 하는 겁니까?"

윤재의 말에 노인도 대답을 하지 못하고 있었다.

하지만 윤재를 보고 있는 눈에서는 아직도 불같은 눈빛을 하고 보고 있었다.

윤재는 지금 노인이 최후의 발악을 하고 있다고 생각하였다.

노인의 몸에서는 더 이상 기운이 느껴지지 않았기 때문이다.

노인의 기운이 사라져서 그런지 지옥대의 인물들도 모두 쓰러져 있었고, 석민만 아직 쓰러지지 않고 버티고 있었다.

"크윽! 윤소평 네놈을 죽이지 못한 것이 이렇게 한이 될지 몰랐다. 진작에 죽여 버렸어야 하는데, 크윽!"

노인은 정말로 분통이 터진다는 얼굴을 하며 윤소평을 보며 원한이 사무친 목소리로 말을 하고 있었다.

윤소평은 그런 노인의 말에 아무런 답변을 할 수가 없는지 말을 하지 않고 있었다.

노인은 마지막 힘을 모두 사용하였는지 서서히 몸이 무너지고 있었다.

"으으으…… 네…… 놈을……."

털썩!

노인은 무슨 원한이 그리 깊은지 죽으면서 눈을 감지 못하고 윤소평을 보며 눈을 감지 못하고 있었다.

윤소평은 노인이 쓰러지자 그의 곁으로 다가갔다.

윤재가 보기에는 아마도 눈을 감겨 주려고 하는 것으로 보였기에 아무런 말을 하지 않았다.

"미안하오. 내가 죽으면 내세에서는 반드시 사죄를 하겠소. 진심으로 말이오."

윤소평은 그렇게 말을 하며 노인의 눈을 감겨 주기 위해 손으로 노인의 눈을 쓸어내리려고 하였다.

그때 죽은 노인이 갑자기 윤소평의 손을 잡는 것이 아닌가?

윤재도 그렇고 배달의 무인들도 모두 놀란 얼굴을 하였다.

"크크크, 윤소평. 마지막은 함께 가자."

꽈꽈꽝!

펑펑.

노인은 스스로 몸을 폭발을 시켜 윤소평과 함께 죽으려고 하였다.

윤소평은 아무런 준비를 하지 않았기에 그런 노인의 공격에 방어도 하지 못하고 그대로 당할 수밖에 없었다.

"커헉!"

노인의 몸은 폭발을 하여 남아 있지는 않았지만 윤소평의 몸은 노인의 공격으로 사방이 뚫려서 피를 분수처럼 흘리고 있었다.

"윤 문주님."

윤재는 빠르게 그런 윤소평에게 다가갔다.

하지만 이미 소평의 몸은 죽음의 그림자가 덮고 있었다.

"우, 우리…… 배, 달문을, 도와……주어 고, 고맙…… 소."

마지막까지 그 말을 하고 싶었는지 그 한마디를 남기고는 그대로 고개를 떨구고 말았다.

윤재는 그런 윤소평을 보며 안타까운 눈빛을 하였다.

자신이 잠시 방심을 하는 사이에 죽었기 때문이었다.

'내가 방심만 하지 않았다면 죽지 않을 수도 있었는데 미안합니다. 윤 문주님.'

윤재는 개인적으로 그렇게 미안하다는 사과를 하였다.

배달의 무인들은 윤소평이 죽었는데도 크게 분노를 느끼는 인물은 없어 보였다.

이들도 윤소평이 노인과 어떤 원한이 있었는지를 모두 들었기 때문에 문주이기는 하지만 진심으로 그를 따르고 싶지 않다는 생각을 가지고 있어서였다.

지옥대는 쓰러져서 일어나지를 못하고 있었는데 윤재는 그런 지옥대에게 다가갔다.

하지만 이번에는 윤재도 조심을 하고 있었다.

놈들도 노인과 같은 짓을 할 수도 있다는 생각이 들어 준비를 하고 다가간 것이다.

"응? 이거는 뭐야?"

지옥대의 대원들은 모두 쓰러져 있는데 이미 그들의 몸에서는 생기가 느껴지지가 않았다.

"지금 쓰러진 놈들을 살펴보세요. 여기는 이미 죽어 있으니 말입니다."

윤재의 외침에 무인들은 빠르게 움직여 지옥대를 찾았다.

돌풍에 날아간 것은 모두가 알고 있지만 이들도 같이 날아갔기에 사방에 놈들이 쓰러져 있어서 무인들이 사방으로 움직여야 했다.

그런데 윤재의 말대로 지옥대는 모두 죽어 있는 것을 무인들도 확인을 할 수가 있었다.

다만 한 사람은 아직도 숨을 쉬고 있었는데 바로 석민이었다.

석민의 눈에서는 혈기가 사라져 있었고 마지막으로 숨을 거칠게 쉬고 있었다.

그런 석민에게 다가가는 인물이 있었는데 바로 정보부 수장이었다.

"한석민 대장 도대체 어떻게 된 건가?"

수장은 가장 궁금한 부분을 물었다.

그런 수장의 질문에 석민은 입가에 알 수 없는 미소만 지었다.

"크르르르……."

말을 할 수 없는 것인지는 모르지만 지금은 석민이 입을 열어도 말이 나오지를 않았다.

석민은 무인들을 보고는 마지막으로 윤재를 보았고 그 눈빛에는 고맙다는 뜻이 담겨 있었다.

그리고 석민도 조용히 눈을 감았다.

결국 노인이 죽자 지옥대는 모두 죽게 되었고 배달문의 무인들도 삼분의 이는 죽었기에 더 이상은 배달문을 운영할 수가 없게 되었다.

수장은 그런 배달문의 사정을 알기에 무인들을 보고 물었다.

"문주님은 죽었고 이제 무인들도 얼마 남지 않았는데 어찌 하였으면 좋겠는가? 좋은 생각이 있는 사람이 있으면 말해 보게."

수장은 빠르게 상황을 파악하고는 처리를 할 생각으로 물은 것이다.

윤재가 아직 남아 있기 때문에 수장도 말을 하였던 것이다.

아마도 윤재가 가고 없다면 여기는 난장판이 되었을 것이기 때문이었다.

남아 있는 무인들 중에 가장 서열이 높은 이가 입

을 열었다.

"나는 더 이상 여기에 남고 싶지 않으니, 이제 그만 나의 길을 가고 싶습니다."

"저도 마찬가지입니다."

무인들은 윤소평이 자신의 욕심으로 한 가정을 파괴하였다는 소리를 듣고는 더 이상 이 길에 미련을 버린 것 같았다.

수장도 그런 무인들을 보고는 고개를 끄덕였다.

자신도 더 이상 여기에 있고 싶지가 않아서였다.

"그러면 우리 배달문은 이제 더 이상 존재하지 않는 곳이니 이제 여기는 잠정적으로 폐쇄를 하는 것으로 하겠다. 그동안 그대들을 알아서 잠시지만 즐거웠다."

수장은 배달문을 정리하기로 마음을 먹었는지 미련을 가지지 않는 눈빛을 하고 있었다.

실질적으로 수장은 더 이상 이런 일을 하고 싶지가 않아서였다.

천무문이 망하는 그 순간에 수장은 이미 꿈을 잃었고 문주 때문에 남은 것이지 실질적으로 희망을 잃은 사람이었다.

그런 상황에서 이런 일까지 벌어졌으니 이제는 완전히 넌더리가 난 상태였기에 기회라고 생각하고 자신도 떠날 생각을 굳고 있었던 모양이었다.

윤재는 그런 수장의 얼굴을 보고는 더 이상 여기에 있을 필요가 없다고 판단이 들어 조용히 자리를 떠났다.

남은 일처리는 배달문의 무인들과 수장이 알아서 처리를 하면 되는 일이었기 때문이다.

윤재는 다시 사무실로 돌아오면서 많은 생각을 하게 되었다.

"천무문과 악연이 시작이 되었지만 그래도 좋게 해결을 하였다고 생각했는데 저들이 저렇게 되고 나니 이상하게 마음이 허전해지네."

윤재는 힘들게 저들을 상대하고 있을 때는 몰랐는데 저렇게 완전히 몰락을 하고 나니 이상하게 마음이 그리 좋지 않았기 때문이다.

이제 천무문이라는 존재는 확실하게 사라지게 되었다는 생각이 들어 더욱 그런 것인지도 모르지만 말이다.

윤재는 그렇게 천무문에 대한 기억을 머릿속에서

지우려고 하였다.

자신이 저들 때문에 복잡해 할 이유가 없었기 때문이었다.

사무실로 돌아온 윤재는 이 실장에게 전화를 하였다.

"여보세요? 사장님 어쩐 일이십니까?"

"이 실장님 오늘 제가 천무문에 다녀왔습니다."

윤재는 그러면서 천무문에서 일어난 일들에 대해 아주 자세하게 이야기를 해 주었다.

그들이 엄청난 피해를 입어 문주도 죽고 남은 무인들도 얼마 되지 않아 결국 해체를 하게 되었다는 이야기를 해 주었다.

그리고 마지막으로 앞으로는 천무문의 그림자도 생각지 말라는 말을 하였다.

이 실장은 천무문의 최후를 듣고는 아무런 말을 할 수가 없었다.

이거는 생각지도 못한 일이었기 때문이었다.

"사장님 그 수장이라는 사람은 어떻게 되었습니까?"

"그 사람은 아마도 시골로 내려가서 생활을 할 생각인 것 같습니다. 제가 보기에는 삶의 염증을 느끼고 있는 것 같았으니 말입니다."

"그렇군요. 결국 그렇게 되는군요."

이 실장은 윤재의 말을 들으면서 자신도 지금 윤재를 만나 이러지 않았으면 아마도 수장과 같은 신세가 되었을 것이라는 생각이 들고 있었다.

자신을 따르는 동생들도 지금은 모두가 환하게 웃으면서 즐거운 마음으로 일을 하고 있는 것을 보고 이 실장은 자신의 생각이 옳았다고 판단하고 있었기 때문이다.

"이 실장님 우리 이제는 천무단이니 하는 것은 신경을 쓰지 말고 우리 회사나 신경을 써야 하지 않겠어요?"

윤재는 이 실장의 목소리에 힘이 없는 것을 느끼고 그런 말을 하였다.

"하하하, 맞습니다. 우리는 이제 대박 건설의 직원들이니 우리 회사를 위해 열심히 뛰어야지요."

이 실장은 윤재의 말에 바로 웃으면서 기운을 내고 있었다.

윤재도 그런 이 실장의 대답에 빙그레 미소를 지었다.

이제 대박건설이 얼마나 성장을 할지는 윤재와 직원들이 얼마나 노력을 하는가에 달려 있었기 때문이다.

7장
새로운 적이 나타나다

윤재의 대박건설은 승승장구하며 나날이 발전을 하고 있었다.

이미 망한 건설 회사의 직원들도 흡수를 하여 이제는 완전한 종합 건설 회사로 자리를 잡아 가고 있는 중이었다.

윤재는 자금에 대해서는 걱정을 하지 않게 자금을 자신이 담당하였고, 은행에 융자를 얻지 않고도 작지만 알찬 공사를 하고 있어 상당한 이윤을 남기고 있었다.

그런 대박건설에도 위기가 찾아왔다.

"사장님, 지금 공사장에 난리가 났습니다."

"무슨 일인데 그러세요?"

"현장에 웬 깡패새끼들이 대거 몰려와 공사를 못하게 방해를 하고 있다고 합니다."

"그게 무슨 소리입니까? 경찰들은 무엇을 하고 있는데 그런 일이 벌어지고 있다는 겁니까?"

윤재는 잘나가고 있는 현장에서 갑자기 건달들이 몰려와 공사를 방해하고 있다는 소식에 이해가 가지 않는 얼굴을 하며 물었다.

공사장이 대규모의 현장은 아니지만 그래도 제법 규모가 있는 현장이었기에 건달들이 공사장에 올 이유가 없었기 때문이다.

그리고 이제 대박도 어느 정도는 자리를 잡아가고 있어서 지역에서도 제법 이름이 알려지고 있기 때문에 이런 일이 생길 것은 생각지도 못하고 있었다.

"어디 놈들이라고 합니까?"

"아직 그거는 모르고 있다고 합니다. 다만 인천 지역에 있는 놈들이라는 말은 들은 것 같습니다."

지역에 있는 조직들이 건설 공사 현장에 나타나서 행패를 부리는 일은 거의 없었다.

작은 공사라면 모를까 지금 하고 있는 공사는 제법

규모가 있는 빌딩을 짓고 있었기 때문이었다.

그리고 그 빌딩은 정당하게 입찰을 보고 공사를 진행하고 있어서 아무런 문제도 없다고 생각했는데 윤재는 이런 보고를 받으니 어이가 없었다.

"현장에 있는 종현이에게 다른 말은 없었습니까?"

"아직 김 과장도 모르는 눈치였습니다."

"내가 현장을 갈 것이니 당장 준비하세요."

윤재는 어떤 놈들이 감히 자신의 공사 현장에 와서 행패를 부린 것인지 직접 확인을 하기 위해 가기로 하였다.

그런 윤재의 결정에 가장 민감하게 반응을 보이는 사람은 바로 은주였다.

사람들이 있으니 말은 못하고 눈에는 걱정이 가득 담겨 있었다.

'그냥 가지 않으면 좋겠는데 그렇다고 사장이 되어서 가지 않을 수도 없으니 미치겠다.'

은주의 마음은 그렇게 말을 하고 있었다.

윤재는 그런 은주의 마음을 모르고 최대한 빨리 현장으로 가고 있었다.

윤재가 현장에 도착을 하니 이미 경찰에 신고를 하

였는지 현장에는 경찰과 건달들이 대치를 하고 있었다.

윤재가 차에서 내리자 가장 먼저 종현이 달려왔다.

"죄송합니다, 사장님."

종현은 윤재를 보자 바로 머리를 숙이고 있었다.

"무슨 일이야? 무조건 사과를 한다고 해결이 되는 일이 아니잖아? 저들이 여기 와서 행패를 부리는 이유가 있을 것 아냐?"

"사실은 그제 인부들이 몰려와 자신들을 고용해 달라고 하여 일손이 부족하여 고용을 하였는데 저들은 자신들의 인부를 우리가 빼돌렸다고 하고 있습니다. 그래서 경찰도 사실을 알아보고는 지금 난감한 상황이라 그냥 보고만 있는 중입니다."

인부들을 고용하였는데 그들이 저들의 현장에서 일을 하고 있었던 모양이었다.

하지만 인부들은 인건비를 제대로 지불을 하지 않으니 거기를 그만두고 이 현장으로 와서 일을 하고 싶어 하였기에 고용을 하였는데 저들이 지금 이런 행패를 부리고 있었다.

"저놈들 어디 조직이냐?"

"듣기로는 인천의 조직이라고 하는데 제가 보기에는 조직에 속해 있는 놈들이 동네 양아치들을 모아 보낸 것 같습니다."

"그러면 뒤에 놈들을 조정하는 조직이 따로 있다는 말이지?"

"예, 그런 것 같습니다. 말도 되지 않는 소리를 하고 있는 것을 보니 무언가 믿는 구석이 있으니 저러는 거지요."

윤재는 서울의 조직도 혼자 박살을 낸 인물이었기에 종현은 윤재가 있어서 조직들이 개입을 해도 크게 산경을 쓰지 않았다.

자신이 모시고 있는 사장님의 실력을 종현도 알고 있어서였다.

그리고 윤재가 나서게 되면 아마도 인천의 조직도 개박살이 날 것으로 종현은 믿고 있었다.

그만큼 윤재에 대한 믿음은 절대적이었기 때문이다.

"우선 인부들은 어디에 있는 거야?"

"저기 저쪽에 대기를 하고 있습니다."

"그러면 그 인부들을 두고 공사를 시작해. 이렇게 놀고 있으면 언제 공사를 마칠 거야?"

윤재의 지시에 종현은 바로 대답을 했다.

"알겠습니다, 사장님."

종현이 다시 공사를 진행하기 위해 가자 윤재는 경찰들이 있는 곳으로 갔다.

"수고하십니다. 대박건설의 사장입니다."

"아, 사장님이 직접 오셨군요. 저기 인부들 때문에 문제가 생겼는데 말입니다."

경찰들도 조금 난감한 부분이 있었는데 저들이 하는 말을 들으니 인부들이 대거 빠져나가는 바람에 자신들의 공사를 하지 못하고 있다는 이야기였다.

그러니 인부들을 돌려 달라고 온 것이지 행패를 부리려고 온 것은 아니라고 하고 있었기 때문이다.

그리고 실질적으로 무엇을 파손하거나 하지는 않았고 단지 겁만 주고 있었기 때문에 경찰도 이들은 보내지 못하고 있다는 이야기였다.

그런데 윤재가 보기에는 경찰도 이들과 한통속으로 보였다.

이렇게 미적거릴 이유가 없었기 때문이다.

윤재는 그런 경찰을 보고 웃어 주었고 바로 이 실장에게 전화를 걸었다.

"이 실장님 인천지검에 박 검사에게 전화 좀 하세요. 여기 이상한 놈들이 와서 공사를 하지 못하게 하고 있으니 모두 연행을 해서 손해배상을 청구해야 한다고 말입니다."

윤재는 경찰들이 있는 자리에서 그런 전화를 하였다.

윤재가 검찰에 전화를 하라는 소리를 하자 경찰들은 얼굴에 당혹스럽게 변하고 말았다.

이들은 지금 이들에게 약간의 수고비를 받고 오늘만 도움을 주기로 하였는데 검사가 개입을 하게 되면 자신들도 돈을 받은 사실이 알려질 수가 있었기 때문이다.

"아니, 사장님 저희가 알아서 처리를 하겠습니다. 무슨 이런 일로 검찰에 연락을 합니까."

경찰 중에 한 명이 윤재를 말리려고 하였다.

하지만 윤재는 이런 일에는 단호하게 처리를 하는 것이 원칙이었다.

"이 실장님 지금 당장 전화를 해서 조사를 하라고 전하세요. 이번 부탁은 제가 직접 하는 것이라고 전해 주세요."

"알겠습니다, 사장님."

이 실장은 윤재의 목소리를 듣고는 상황을 어느 정도 짐작을 하고 있었다.

윤재는 전화를 마치고 경찰을 보았다.

경찰들은 지금 윤재가 검사와도 친분이 있다는 것에 사색이 되었다.

규모가 있기는 하지만 지역의 건설 회사라고 생각했는데 인맥이 상당한 회사라고 생각이 들자 자신들이 오늘 잘못 걸렸다는 생각이 들었기 때문이다.

윤재는 그런 경찰들을 보며 조용히 말을 했다.

"놈들이 도망을 가지 못하게 해 주세요. 만약에 이들이 도망을 가면 이는 모두 경찰에서 책임을 져야 할 겁니다. 지금 인천지검에서 오기로 하였으니 말입니다."

서울도 아니고 인천에서 나오는 것이라면 이들도 결코 무사하지 못하게 될 수도 있는 문제였다.

경찰들은 그런 윤재의 얼굴을 보니 냉정하게 보였고 아무리 생각해도 자신들이 빠져나갈 방법이 없어 보였기에 이들은 눈치를 서로 주고받고 있었다.

결국 놈들을 도망치게 하자는 뜻이었다.

윤재는 그런 경찰의 내심을 이미 짐작을 하고 있었다.

그리고 놈들 중에 하나만 잡아 뒤를 알아내려고 하고 있었기에 놈들이 도망을 가도 크게 신경을 쓰고 있지는 않았다.

경찰의 눈치를 받은 놈들은 바로 물러서고 있었다.

"애들아 오늘은 그만하고 돌아가자."

"예, 형님."

한 남자가 고함을 지르자 나머지 놈들도 남자의 말에 대답을 하면서 서서히 빠져나가려고 하였다.

윤재는 그런 놈들을 가만히 보고만 있었다.

놈들이 모두 가고 없자 경찰들도 입가에 미소를 지으며 돌아가고 있었다.

하지만 이들은 모르고 있는 것이 지금 종현이 한 놈을 잡기 위해 은밀히 움직이고 있다는 사실을 말이다.

윤재는 가장 머리로 보이는 놈을 잡으라고 지시를 내렸고, 종현은 놈들이 물러서는 것을 보고 은밀히 놈들이 가는 곳을 추적하고 있었다.

경찰과 놈들이 모두 사라지고 윤재는 종현의 전화

를 받았다.

"사장님 놈들이 있는 곳을 알아냈습니다."

"알았다. 지금 움직일 생각이니 정화하게 어디인지 위치를 알려라."

윤재는 그렇게 종현과 통화를 하면서 차를 움직였다.

윤재는 얼마 걸리지 않아 놈들이 있는 장소에 도착을 해 종현을 보게 되었다.

"안에 놈들이 있는 거냐?"

"예, 열 명 정도의 인원이 있을 겁니다."

"그래? 그러면 바로 들어가자. 놈을 족쳐서 누가 뒤에 있는지를 알아내야겠다."

"예, 사장님."

종현도 제법 주먹은 사용하였기에 대답과 동시에 놈들이 있는 안으로 진입을 하게 되었다.

꽝!

문을 걷어차고 안으로 들어가니 아까 지시를 내렸던 놈이 가장 상석에 앉아 있는 것을 보게 되었다.

윤재는 놈들을 보자 바로 공격을 하기 시작했다.

이거는 이야기를 들을 필요도 없었기 때문이었다.

"아까는 경찰이 있어 그냥 두었지만 오늘 한 번 죽도록 맞아야겠다."

윤재는 그렇게 말을 하고는 사정을 두지 않고 놈들을 두들겨 패기 시작했다.

퍼퍼퍼퍼퍼퍼퍽!

"아악!"

"으윽!"

꽈지직!

"크아악!"

윤재의 주먹에 어깨뼈가 박살이 났는지 한 놈은 뼈가 부러지는 소리를 내면서 기절을 하고 말았다.

윤재는 다른 놈들을 손을 보고는 마지막으로 남자를 보며 다가갔다.

윤재의 실력을 눈으로 보았지만 이거는 제대로 보이지가 않을 정도로 빠른 공격이었기에 남자는 그런 유재를 두려운 눈으로 보고 있었다.

"누, 누구시오?"

"네놈들이 지랄을 한 현장의 사장이다. 이제부터 내가 묻는 말에 대답을 제대로 해야 할 거야, 아미면 평생 불구자로 살아야 할 테니 말이다."

윤재의 말에 남자는 겁에 질린 얼굴을 하며 고개를 끄덕였다.

"누가 지시를 한 거냐?"

윤재의 질문이 남자의 눈빛에는 망설이는 빛이 보였고, 윤재의 주먹은 그런 남자의 얼굴로 향했다.

퍼걱!

"커억!"

우당탕!

남자는 마치 해머로 두들겨 맞은 것처럼 엄청난 고통이 얼굴을 가격하자 그대로 구르면서 비명을 질렀다.

"다시 묻는다. 누구의 지시냐?"

이번에는 윤재의 목소리가 아까와는 다르게 살기가 묻어 나왔다.

일반인이 윤재의 살기를 감당할 수준이 아니었기에 남자는 그대로 바지에 오줌을 지리고 있었다.

윤재는 남자가 아직 정신을 차리지 못했다는 생각이 들었는지 다시 주먹을 들었다.

그러자 그 주먹에 남자는 기겁을 하며 말을 했다.

"자, 잠시 만요. 저희에게 지시를 한 조직은 인천

의 달구파의 지시였습니다. 저번 입찰에 자신들을 물 먹였다고 하면서 공사를 하지 못하게 방해를 하라고 하였습니다."

윤재는 달구파가 어디에 붙어 있는 조직인지는 모르지만 지난번에 물먹은 입찰이라는 말에 생각이 나는 회사가 있었다.

바로 자신과 같이 입찰을 하였던 건설 회사인데 그 당시에는 그리 신경을 쓰지 않았는데 이제 보니 조직이 운영하는 회사였던 모양이다.

"그래서 그 조직에서 우리가 하는 공사를 하지 못하게 하라고 하여 인부들을 보내 트집을 잡으려고 한 것이냐?"

"그, 그렇습니다. 한 번만 용서를 해 주십시오."

놈은 건달도 아니고 그냥 주먹을 조금 사용하였기에 조직의 건달들도 조금은 인정을 해 주고 있어 나름 어깨에 힘을 넣고 다니고 있었기에 이런 청부를 받은 것이다.

동네에는 아는 동생들이 제법 많았기에 이런 일을 하기에는 딱 적당해 보였기 때문이다.

"이번 일을 해 주기로 하고 얼마를 받았냐?"

"오백을 받기로 하였습니다."

겨우 오백 때문에 일을 하지 못하게 하였다는 소리에 윤재는 화가 치밀어 올랐다.

"그 조직이 있는 위치는 어디냐?"

"예, 달구파가 있는 곳은 바로 인천의 부두가 있는 곳입니다."

그러면서 달구파의 현재 위치를 알려 주었고 윤재는 종현을 보았다.

종현은 현 조직의 계보는 어느 정도 알고 있는지 고개를 끄덕여 주었다.

윤재는 남자를 보고 그냥 갔다가는 놈의 얼굴을 보니 그냥 있을 놈으로 보이지가 않았기에 놈의 다리를 그대로 걷어차 버렸다.

퍼걱.

빠드득!

"이거는 나를 여기까지 오게 한 보상이다. 다음에 나를 만나게 되면 아마도 두 번 다시는 세상을 보지 못하게 될 거야. 땅속이나 물속에서 살아야 하니 말이다."

윤재의 차가운 말에 남자는 고통을 느끼면서도 진

저리를 치게 되었다.

그 차가움 속에 진심이 느껴지고 있었기 때문이다.

남자는 윤재의 말에 고개를 끄덕였다.

입으로는 말을 하지 못하는 이유가 고통을 억지로 참고 있었기 때문이다.

하지만 남자는 당분간은 자신이 정상인으로 살기가 힘들다는 사실을 아직 모르고 있었다.

최소한 삼 년 정도는 말이다.

윤재는 종현과 다시 사무실로 돌아왔다.

은주가 걱정을 하고 있기 때문에 우선은 사무실로 돌아가게 되었다.

은주가 걱정하는 모습을 보고 싶지 않았기 때문이다.

은주는 지금 윤재의 비서로 근무를 하고 있었고 윤재의 움직임을 가장 많이 파악하고 있는 존재였다.

물론 결혼을 하고 나면 더 이상은 회사에 나오지 않는다는 조건으로 지금 일을 하고 있는 중이었다.

"어떻게 되었나요?"

"잘 해결이 되었으니 걱정하지 마."

"예, 다행이에요."

은주는 윤재의 말을 백 프로 신용을 하고 있었다.

그만큼 은주에게는 윤재의 말은 믿음 그 자체로 통하고 있었다.

"아버지는 언제 퇴원을 하신데?"

"이번 주 안에 하신다고 들었어요."

"다행이다, 이제 퇴원을 하시면 당분간은 재활에 신경을 쓰시라 말씀드리고, 행여나 일을 하신다고 하면 절대 말려야 하는 것 알지?"

"호호호, 알고 있으니 걱정 마세요."

은주는 윤재가 자신의 가족들에 대해 많은 신경을 써 주고 있어 기분이 좋았다.

이거는 마치 집안의 장남이 가족들을 걱정하고 있는 것처럼 느껴지고 있어서였다.

"오늘은 은주가 일찍 들어가고 나는 여기 회사의 일을 처리하고 가야 할 것 같아."

"늦어요?"

"응, 오늘은 야근을 해야 할 것 같아."

은주도 가끔 윤재가 야근을 하는 것을 보았기에 다른 말은 하지 않았다.

하지만 오늘 윤재가 야근을 한다는 이유는 바로 달

구파 문제 때문이었다.

자신이 알고 있기로는 달구파 정도의 힘으로 건설 공사 현장을 방해하는 짓은 할 수가 없다고 보고 있었 는데, 놈들이 그런 짓을 했다는 것은 다른 지원 세력 이 있거나 아니면 누군가의 지시를 받아 움직이는 것 이라고 판단이 되었기 때문이다.

윤재는 자신의 회사를 음해하려는 세력이 어느 곳 인지를 확인을 해서 그냥 둘 생각이 없었다.

그런 사실을 모르는 은주는 윤재가 야근을 해야 한 다는 말에 걱정스러운 눈빛을 하며 윤재를 보고 있었 다.

"오빠, 너무 몸을 상하게는 하지 마세요. 엄마도 걱정을 많이 하고 계세요."

은주의 엄마인 박 여사는 윤재가 요즘 고생이 많다 는 은주의 말에 걱정스러운 눈빛을 하며 은주에게 몸 보신이라고 시켜 주어야겠다는 말을 자주 하고 있었 다.

은주가 윤재가 운영하는 대박건설에 취직을 하여 월급을 받을 수 있게 된 것이 모두 윤재 때문이라는 것을 알고 있었기 때문이다.

윤재가 병원비를 대주고 있었고 은주에게 일을 주어 생활비를 주고 있는 것으로 생각이 들어 박 여사는 그런 윤재가 요즘 고생을 한다고 생각하니 무언가 보약이라도 지어 주어야겠다는 생각을 하고 있었다.

"하하하, 역시 사위 사랑은 장모님이 최고라고 하더니 우리 장모님도 사위는 엄청 챙겨 주신다니까."

윤재의 그 말에 은주는 다시 얼굴을 붉히고 말았다.

은주도 이제는 윤재를 자신의 반려자로 생각을 하고 있었지만 아직은 따로 잠을 자고 있어서 부끄러워서였다.

"아이, 이제 그렇게 이야기 좀 하지 마요. 저만 이상한 여자로 보이잖아요."

은주는 얼굴을 붉히며 이제 그만하라는 말을 하고 있었다.

"잉? 우리 은주의 마음이 변한 거야? 아이고 그러면 안 되는데…… 나는 오로지 은주만 보고 있는데, 아이고."

윤재의 익살스러운 행동에 은주는 부끄러우면서도 행복했다.

윤재의 이런 애정 공세를 받을 때 처음에는 이상하

고 어색했는데, 이제는 자연스럽게 생각이 들었고 오히려 더 좋다는 생각이 들어서였다.

다른 남자들과는 다르게 윤재는 여자인 자신에게 아주 친절하고 자연스럽게 행동을 하고 있어서 은주도 지금은 마음의 부담이 들지 않아서 좋았다.

그게 본인의 진심이라는 것을 알게 되고부터는 말이다.

윤재는 그렇게 은주를 보내고 종현을 불렀다.

"종현아 들어와라."

종현은 윤재가 하는 말에 문밖에 있다가 바로 안으로 들어왔다.

"달구파라는 조직이 어떤 조직인지 알고 있는 것만 말해라."

"예, 달구파는 인천에 연안부두에 있는 조직이지만 그리 크지 않은 중소 조직이라고 알려져 있습니다. 그리고 달구파가 이런 짓을 할 정도로 배짱이 없는 것으로 아는데 이들이 지시를 하였다는 것이 이상합니다."

종현은 자신이 알고 있는 것만 이야기를 하였다.

윤재는 조직은 아무리 박살을 내도 사라지지 않는 것을 알기에 달구파를 어떻게 할지를 고민하게 되었다.

과거 천무단이 있을 때는 조직들도 이런 짓을 하지 않았는데 이제 천무단이 사라지고 나니 이런 짓을 하고 있다는 것에 솔직히 화가 나기도 했다.

자신이 힘들게 천무단을 상대하여 사라지게 하였는데 그런 자신의 공도 모르고 이런 짓을 당하고 있으니 열이 받은 상태였다.

"인천에서 가장 큰 조직이 어디냐?"

"인천에서는 항구파가 가장 조직이 큽니다. 이들은 밀수도 한다는 이야기가 있을 정도로 상당한 인원을 데리고 있으니 말입니다."

"그러면 항구파를 정리하면 달구파 같은 작은 조직은 알아서 정리를 할 수가 있겠지?"

"아, 당연한 일입니다. 항구파와 달구파는 감히 상대가 되지 않습니다."

윤재는 앞으로도 인천의 조직들이 계속해서 자신의 공사를 방해하는 것을 미연에 정리를 하기 위해서 조금 귀찮아도 항구파를 아예 정리를 하여 이들이 인천의 교통을 정리하기를 바라는 마음을 가지게 되었다.

물론 달구파에 누가 자신의 공사를 방해하라고 하였는지를 알아보는 일이 우선이었다.

"달구파로 가자. 오늘 바쁘게 움직여야겠다. 항구파도 가야 하니 말이다."

"저기 사장님 항구파에 전 강남의 세력이 갔다는 이야기가 있습니다."

"전 강남의 세력이라니?"

"그 강남의 비룡파라고 예전에 사장님에게 박살이 난 조직 말입니다. 정 회장에게 외면을 당하고는 더이상 강남에 남아 있지를 못해 항구파로 오게 되었다고 합니다. 비룡파의 한태명이 그래도 주먹계에서는 실력을 인정하고 있어서 항구파도 환영을 하였다고 합니다."

윤재는 한태명이라는 이름을 듣자 입가에 미소를 지을 수가 있었다.

이들이 있으면 자신이 가서 일을 처리하기도 쉽다고 생각이 들어서였다.

"하하하, 아주 잘되었네. 비룡파의 식구들이 있으면 가서 대화로 해결을 할 수도 있겠어."

윤재는 아직 조직의 일에 대해서 잘 모르고 있어이런 말을 하고 있지만 종현은 비룡파가 항구파로 오면서 윤재에 대해 그리 좋은 감정을 가지고 있지는 않다고 판단을 하고 있어 잘못하면 항구파에 피바람을 불게 될 것을 염려하고 있었다.

윤재와 종현은 인천 달구파가 있는 곳으로 이동을 하고 있었다.

달구파가 있는 곳에 도착한 윤재는 어이가 없다는 표정을 지으며 종현을 보며 물었다.

"여기가 달구파 본거지라는 말이냐?"

"예, 여기가 확실합니다. 사장님."

윤재는 달구파의 본거지를 보니 이거는 딱 창고 수준이라 조직이라고 하기에도 창피한 수준이었다.

조직이라면 최소한의 자금을 가지고 움직이는 것인데, 달구파는 조직이라기보다는 동네 양아치 수준의 조직이었기 때문이었다.

"이런 곳에 사는 놈들이 우리 현장에 농간을 부렸다는 것이 이해가 가지 않네?"

윤재는 그런 의문을 가지면서 안으로 들어갔다.

원래 윤재는 품에 50센티 정도의 쇠로 만든 봉을 무기로 사용하려고 가지고 왔는데, 본거지를 보고는 수준을 알 것 같아 그냥 안으로 들어가게 되었다.

창공의 작은 문을 열고 안으로 들어가니 그 안에

따로 사무실이 있었고, 지금 그 안에서는 노름을 하고 있는지 제법 시끄러운 소란이 있었다.

윤재는 안에 대략 한 열다섯 정도의 인원이 있는 것을 확인하고는 바로 사무실의 문을 걷어찼다.

꽝!

"누구야?"

"어떤 새끼가 감히 사무실의 문을 걷어찬 거야?"

윤재는 안에서 있는 놈들이 하는 소리를 들을 생각이 없었기에 종현이 보고 입구를 지키라는 말만 하고는 안으로 진입을 하였다.

"너는 나오는 놈이 하나도 빠져나가지 못하게 여기만 지키고 있어라."

"예, 사장님."

종현은 이미 손에 무기를 들고 있었다.

윤재는 안으로 들어가면서 두목이 어떤 놈인지를 파악하려고 하였는데 가장 안쪽에 인상이 더럽게 생긴 놈을 발견하게 되었다.

윤재는 그놈이 있는 방향으로 전진을 하였고, 그런 윤재의 앞을 막는 놈들이 있었다.

"이거 어디서 굴러 온 놈인지는 모르지만 여기는 달

구파의 본거지야, 자식아. 죽고 싶어 환장을 했어?"

남자는 그래도 차분하게 말을 하는 것을 보니 조금은 인정이 있는 것 같았다.

문제는 윤재에게는 그런 놈이나 다른 놈이나 모두 마찬가지로 보인다는 것이 문제였다.

윤재는 그런 놈의 면상을 그대로 쳐 버렸다.

빡!

"커억!"

남자는 단방에 기절을 하고 말았다.

윤재는 이제 어느 정도의 힘을 주면 기절을 하는지에 대해서는 아주 박사의 수준이 되어 있었기에 이들을 상대할 때 적당하게 힘을 조절하고 있는 중이었다.

"저 새끼 뭐야? 조져."

가장 안쪽에 있는 놈은 부하가 단 한 방에 쓰러지는 것을 보고는 안 되겠다는 생각이 들었는지 단체로 덤비라고 지시를 내렸다.

그러자 가장 먼저 다섯의 남자가 윤재를 공격하려고 나왔고 나머지는 주변에 무언가를 찾고 있었다.

윤재는 그런 놈들을 보며 비웃음을 흘렸다.

"시간 없으니 빨랑 와라."

윤재는 그렇게 말을 하며 오히려 남자들에게 다가 가고 있었다.

남자들은 제법 주먹을 쓰는지 한 명은 윤재의 얼굴을 한 명은 다리를 공격하는 방법으로 다섯이 동시에 공격을 하였다.

탁탁, 턱, 빠각!

퍽퍽퍽.

"커헉!"

윤재는 남자들의 공격을 막으면서 한 놈의 다리를 강하게 걷어차 버렸고, 돌아서면서 다른 놈들의 면상을 강하게 주먹으로 때렸다.

윤재의 주먹이나 다리에 차인 놈은 더 이상 서 있지를 못하고 있었다.

이들은 아마도 상당한 시간 동안 치료를 받아야 정상적인 생활을 할 수가 있을 것이기 때문이다.

윤재는 건달 조직을 상대할 때는 내기를 사용하고 있었는데 일반인이 내기에 당하게 되면 한동안은 정말 고생을 하게 되었다.

그만큼 내기는 무서운 작용을 하고 있다는 말이었다.

윤재가 다섯을 순식간에 쓰러지게 하자 남은 무리들은 이거는 무언가 잘못되었다는 생각이 들었는지 각자 주변에 있는 무기를 들고 윤재를 포위하기 위해 움직이게 되었다.

그때 달구파의 두목 놈이 윤재를 보며 물었다.

"도대체 우리 달구파에 와서 이러는 이유가 무엇이냐?"

윤재는 두목이 그런 질문을 하자 피식 웃으면서 대답을 해 주었다.

"우리 현장에 와서 공사를 방해했으면 그에 대한 책임을 져야지 않겠어?"

윤재의 대답에 두목은 놀란 눈을 하고 윤재를 보았다.

"그…… 그러면 당신이 번개요?"

윤재가 비룡파를 상대하면서 조직들의 조직원들 사이에는 윤재에 대한 별명이 번개처럼 빠르게 상대를 쓰러지게 한다는 의미로 번개라는 별명을 지었다.

물론 윤재는 모르는 일이었고 말이다.

하지만 종현은 그런 윤재의 별명을 알고 있는지 윤재가 자신을 보자 고개를 끄덕였다.

"으흠, 나의 별명이 번개였어? 아무튼 그렇다고 치고 우리 현장을 공격한 이유가 무엇이지?"

윤재는 두목이라는 놈을 보니 기개라고는 하나도 없는 양아치였기에 좋게 물었다.

달구파의 두목인 달구는 번개에 대한 이야기를 이미 들었기에 자신들이 전부 덤벼도 상대가 되지 않는다는 사실을 알고 있었다.

비룡파라는 조직이 어떤 조직인지를 달구가 모를 수가 없었기 때문이다.

"우, 우리는 항구파의 지시로 그렇게 한 거요."

윤재는 달구의 이야기를 듣고는 눈빛이 달라지고 있었다.

강남의 비룡파가 항구파에 합쳐졌다는 이야기를 들었을 때는 그래도 좋게 일을 해결할 수 있다는 생각을 하였는데 지금 달구의 말을 듣고는 생각이 바뀌고 있었기 때문이다.

"항구파가 지시를 하여 현장의 공사를 하지 못하게 하였다고 하였나?"

윤재의 목소리가 차갑게 변해 가고 있자 달구는 다리가 떨리는 기분이었다.

그렇다고 부하들이 있는데 쪽팔리게 다리를 덜덜 떨 수는 없었는지 다리에 힘을 주며 참고 있는 것이 눈에 보였다.

윤재는 저런 인간들을 상대하기 위해 왔다는 것이 화가 났지만 우선은 상황에 대해 확실하게 듣고 싶었다.

"우리가 운영한다고 알려진 건설 회사는 사실 항구파가 운영하는 회사요. 그 회사의 입찰이 떨어지고 나자 항구파에서는 그런 지시를 내리게 된 것이오."

결국 항구파는 자신들이 운영하고 있는 건설 회사를 이중삼중으로 보호막을 치고 있다는 이야기였다.

윤재는 항구파 정도면 그런 짓을 할 수도 있다는 생각이 들었다.

인천 최고의 조직이니 자신의 회사를 방해하여 더 이상 공사를 하지 못하게 하면 다음부터는 입찰은 더 이상 방해를 받지 않을 것이라고 생각하고 말이다.

윤재는 이제 더 이상 이들에게 들을 이야기도 없었기에 잠시 고민을 하였다.

이대로 이들을 두고 가야 할지 아니면 조금 손을 봐 주고 가야 할지를 말이다.

달구는 그런 윤재를 보고 눈치는 백단이었는지 바로 무릎을 꿇었다.

"저희들이 아무것도 모르고 저지른 일이니 이번 한 번만 용서를 해 주십시오."

달구가 그렇게 행동을 하자 남은 놈들도 모조리 달구와 같이 무릎을 꿇고는 사정을 하였다.

"번개 형님이 운영하시는 회사인지 알았으면 처음부터 시작도 하지 않았을 겁니다. 이번 한 번만 용서를 해 주십시오."

윤재는 단체로 이러는 것에 이들이 불쌍하다는 생각도 들었다.

"모르고 하였다고 하니 이번은 그냥 넘어가도록 하지. 하지만 다음에 같은 일이 생기게 되면 아마도 두 번 다시는 이 생활을 하지 못하게 된다는 것을 명심해라. 나는 두 번 이야기를 하지 않는다."

"예, 감사합니다."

"그리고 지금부터 항구파에서 오는 전화는 받지 마라. 알겠냐?"

"예, 그렇게 하겠습니다."

윤재는 그렇게 말을 하고는 나가게 되었다.

윤재가 사라지고 나자 달구는 살았다는 표정을 지으며 수하들을 보았다.

"어떻게 생각하냐?"

"형님 번개의 말대로 이번은 그냥 넘어가는 것이 좋겠습니다. 강남의 비룡파도 번개의 적수가 되지 못해 망한 조직이지 않습니까? 항구파도 저는 마찬가지라고 생각합니다. 아까 그 입구를 지키고 있는 놈도 만만치 않은 놈으로 보였는데 아마도 번개를 따르는 부하들 같습니다."

수하의 말대로 번개를 따르는 놈들이 있다면 항구파도 힘들 것이라는 생각이 드는 달구였다.

번개의 실력은 강남만이 아니라 전국에 소문이 나 있었고, 조직들도 그런 번개를 영입하려고 지금도 수소문을 하고 있다는 소식을 들었기 때문이다.

비룡파에서 윤재에 대한 소식을 확인하게 된 이유는 사실 천무단 때문이었고, 천무단은 윤재에 대한 정보를 조직들에게 넘기는 바람에 윤재에 대한 정보가 어느 정도는 알려지게 된 것이다.

당시 윤재는 변장을 하였지만, 천무단의 정보력을 그런 윤재를 정확하게 찾았다. 그로 인해 조직들도 윤재에 대한 정보를 가지고 있게 되었던 것이다.

윤재는 차를 타고 이동을 하면서 종현을 보고 물었다.

"나를 번개라고 하는데 어떻게 알아낸 거냐?"

"아마도 조직들도 천무단과 협력을 하고 있어서 알게 된 것이라고 들었습니다. 사장님의 정보를 알려 위치를 찾으려고 하였던 모양입니다. 그래서 강남의 일도 모두 알려지게 되었고 비룡파는 아마도 그런 사장님에게 복수를 하기 위해 항구파로 들어간 모양입니다."

윤재는 좋게 해결을 하려는 마음을 버리게 되었다.

조직은 역시 조직이라는 생각이 들었기 때문이다.

조직의 놈들에게는 인정이라는 것을 주면 결국 이런 일이 생긴다는 생각이 들었고 윤재는 이번 기회에 아주 인천의 쓰레기들을 확실하게 정리를 할 생각을 하게 되었다.

"이번에 인천에 있는 조직들을 아예 정리를 하는 것이 좋을 것 같다. 그래야 우리 회사가 편하게 공사를 하지 않겠냐?"

윤재의 말에 종현은 놀란 얼굴을 하며 윤재를 보고

있었다.

윤재는 그런 종현을 보지 않고 이 실장이 생각이 나서 바로 전화를 걸었다.

드드드.

"예, 사장님 요즘 매우 분주하십니다."

"저기 다른 일이 아니라 여기 인천의 조직들 중에 항구파라는 조직이 우리 회사를 건드리고 있는데 제가 오늘 가서 정리를 할 생각입니다. 혹시 문제가 생기지 않게 검찰 쪽에 선을 좀 대 주세요."

이 실장은 윤재의 이야기를 듣고 놀란 얼굴을 하였다.

"아니, 사장님 인천의 조직은 다른 지역과는 다르게 거친 놈인데 그들을 정리하실 생각이십니까?"

"예, 그러니 다른 문제는 신경 쓰지 말고 검경에 연락을 하여 우리가 피해가 입지 않게 선을 놓아 보세요."

"잠깐 만요. 사장님 항구파라고 했나요?"

이 실장은 무언가 생각이 나는 것이 있는지 다시 물었다.

"예, 항구파라고 강남의 비룡파가 합류를 했다고 하네요."

"아, 사장님 지금 항구파를 치지 마시고 오늘은 참아
주십시오. 요즘 항구파가 중국의 삼합회와 힘을 합치려
고 한다고 하니 말입니다."

　한국의 조직이야 문제가 없지만 중국의 조직은 달
랐기 때문에 하는 소리였다.

　항구파를 정리하게 되면 삼합회도 개입을 하게 될
것이고 윤재는 그렇게 되면 아마도 삼합회도 같이 쓸
어버릴 것이 빤했기에 이 실장이 다급하게 말을 하고
있었던 것이다.

8장
쓰레기는 버려야 한다

윤재는 이 실장의 말대로 항구파가 중국 조직과의 연관관계를 조사할 시간을 주었다.

중국의 조직과 좋지 않은 일이 생기게 되면 아무래도 검찰에서도 조사를 하지 않을 수가 없었기 때문이다.

이는 외교적으로도 문제가 방생할 수가 있는 문제가 있기 때문이다.

윤재는 그런 것에는 모르기 때문에 이 실장이 자세한 정보를 모아 오겠다고 하여 삼 일을 참기로 하였다.

이 실장은 자신이 알고 있는 모든 라인을 이용하여 항구파와 중국의 삼합회에 대한 조사를 하였고, 결국 이들이 연합을 하려고 한다는 사실을 알아내게 되었다.

그리고 문제는 항구파의 뒤를 봐주고 있는 인물이 지금 여당의 실질적인 중심인 이영훈 의원이라는 사실에 조금 놀라고 있었다.

"중국 정계의 인물과 교분이 많은 이영훈이가 항구파를 돌봐 주고 있으면 이거 곤란한데?"

이 실장은 정치적인 문제가 있는 것에 곤란한 얼굴을 하고 있었다.

자신도 정치인을 알고 있기는 하지만 이영훈이라면 조금 힘들 수도 있다는 생각이 들어서였다.

윤재가 비록 막강한 무력을 가지고 있다고는 하지만 사실 삼합회를 그동안 제지를 한 단체가 바로 천무단이었는데, 그런 천무단이 사라지고 나니 삼합회는 이제 적이 없다고 판단을 하고는 자국의 정치인들의 도움을 받아 인천에 확실한 거점을 마련하려고 하고 있었기 때문이었다.

그러니 아무리 막강한 무력을 가지고 있어도 혼자서는 이들을 모두 상대할 수가 없다는 생각이 강하게 드는 이 실장이었다.

"음, 이번에는 사장님이 조금 힘들겠는데? 어떻게 하지?"

이 실장은 혼자 그렇게 고민을 하다가 결국은 윤재에게 보고를 하고 방법을 찾는 것이 가장 빠르다는 생각을 하였다.

드드드.

윤재는 이 실장에게 전화가 오자 빠르게 받았다.

"여보세요? 어떻게 되었습니까?"

"예, 조사는 끝났습니다. 사장님."

이 실장은 자신이 조사를 한 내용을 윤제에게 하나도 빠지지 않고 모두 보고를 하였다.

윤재는 이 실장의 보고를 받으면서 한국으로 중국의 마피아가 들어오고 있다는 사실에 놀라고 있었다.

그것도 자국의 정치인들의 도움을 받아 한국의 정치인이 뒤를 봐주고 있다는 사실은 윤재를 분노를 하게 만들고 있었다.

"아니, 어떻게 그럴 수가 있지요? 정치인들이라는 놈들은 전부 그런 놈들밖에 없나요?"

윤재가 화가 나서 소리를 질렀다.

지금 윤재가 있는 곳에는 아무도 없었기에 이렇게

고함이라도 지르지 다른 곳이었다면 윤재도 화가 나서 미쳐 버렸을지도 모르는 일이었다.

"저도 그런 놈들이 정치인을 하고 있다는 것에 이해가 가지 않지만 어쩌겠습니까."

"그러면 우리가 놈들을 공격하면 나중에 검경의 공격을 받을 수도 있다는 이야기네요?"

"그렇습니다. 아직은 이영훈의 힘을 무시할 수는 없으니 말입니다."

"그러면 그 이영훈을 먼저 처리를 하면 뇌시 않나요?"

윤재는 이영훈이 그런 놈이라면 차라리 없는 것이 좋을 것이라는 생각이 들어 하는 소리였다.

하지만 그 말을 들은 이 실장은 기겁을 하고 말았다.

"사장님 이영훈을 건드리면 다른 놈들이 불같이 일어서게 됩니다. 그를 따르는 사람들이 많기 때문에 다른 이들도 그런 이영훈을 건드리지 않는 겁니다."

윤재는 이 실장의 말을 들으면서 도저히 이해가 되지 않는 얼굴을 하고 있었다.

도대체 정치인이 가지고 있는 힘이 무엇인데 그러

는 것인지 말이다.

"이 실장님 그냥 아무도 모르게 심장마비로 처리를 하면 누가 알겠습니까?"

윤재에게는 그럴 능력이 있지만 이 실장은 그런 사실을 모르고 있었기에 윤재의 말에 놀라지 않을 수가 없었다.

'도대체 사장님의 능력은 어디가 한계란 말인가?'

이 실장은 윤재의 말을 들으면서 암살도 잘할 수 있다고 들렸기에 놀라고 있었다.

만약에 윤재가 아무도 모르게 이영훈을 심장마비로 죽게 한다면 이는 문제가 되지 않을 것이고 이로 인해 항구파는 상당한 타격을 받게 되기 때문이었다.

물론 그때 이 실장의 인맥을 동원하게 되면 항구파는 영원히 사라지게 할 수도 있는 문제였다.

삼합회는 항구파가 사라지게 되면 말 그대로 낙동강 오리알 신세가 될 것이고 말이다.

이들이 다른 조직을 이용하려고는 하겠지만 그때는 이 실장이 얼마든지 이들을 경계할 수가 있다는 생각이 들었다.

이 실장은 윤재의 말을 듣고는 바로 계획을 짜게

되었다.

"사장님 제가 묻는 말에 확실하게 대답을 해 주십시오. 진짜로 이영훈을 심장마비로 죽일 수가 있는 겁니까?"

"가능합니다. 나는 나를 괴롭히는 놈들을 그냥 두고 볼 생각이 없습니다."

윤재의 확실한 대답에 이 실장은 윤재가 자신이 생각하는 이상의 능력을 가지고 있다는 사실을 알게 되었다.

"그러면 이영훈이 사라지게 되는 경우를 가정하여 계획을 짤 수가 있습니다. 물론 항구파를 완전히 사라지게 하는 방법입니다."

이 실장은 윤재에게 자신이 생각하고 있던 것들을 자세하게 설명을 하였다.

이 실장이 가지고 있는 인맥을 이용하는 방법도 포함이 되었다.

윤재는 이 실장의 계획을 듣고는 아주 만족한 얼굴이 되었지만 한 가지 걸리는 문제가 있었다.

"다 좋은데, 중국놈들은 어떻게 하려고 합니까?"

"중국의 마피아라고 불리는 삼합회는 사실 그 조직

원만 해도 십만이 넘는다고 합니다. 사장님이 그런 놈들을 건드려 피해를 입을 수도 있으니 우선은 사장님이 개입을 하지 마시고 다른 조직을 이용하는 방법을 사용하였으면 합니다."

"다른 조직을 이용하여 놈들과 치고 박고 싸우게 하라는 말인가요?"

"예, 그게 가장 좋은 방법입니다. 그러나 가장 우선 항구파를 박살을 내야겠지요. 그렇게 되면 놈들도 의지를 할 조직이 사라지게 되니 아마도 상당히 당황하게 될 겁니다. 그때 다른 조직을 이용하여 놈들에게 타격을 주면 됩니다."

윤재는 결국 모든 일의 중심이 이영훈이 있다는 생각이 들었다.

이영훈만 조용히 처리를 하면 다른 문제가 없다는 사실을 알게 되자 윤재의 눈빛이 차갑게 변하기 시작했다.

이 실장이 그런 윤재의 옆에 있었다면 등골이 오싹함을 느꼈겠지만 지금은 전화로 통화를 하고 있으니 모르고 있었다.

윤재는 정계에 영향력이 있는 이영훈을 암살할 것

이 아니라 정신을 제압하여 나중에 자신에게 도움이 되게 만드는 방법도 나쁘지 않을 것 같았다.

'죽이는 것 보다는 나의 편으로 만드는 것이 더 좋지 않을까? 그러면 그놈을 이용하여 항구파를 박살나게 할 수도 있잖아?'

윤재는 이영훈을 이용할 생각을 하니 아주 좋은 방법이 생각이 났다.

자신에게는 사람의 정신을 제압하는 방법이 있었기에 이를 이용하면 놈의 정신을 제압하여 자신을 따르게 하면 되기 때문이었다.

물론 그 방법을 사용하면 자신도 한동안은 힘들겠지만 지금은 가장 좋은 방법인 것 같았다.

암살을 하면 일이 편하기야 하겠지만 중국놈들을 상대할 때 골치 아픈 일이 발생할 수도 있다는 생각이 들어서였다.

"이 실장님 그 이영훈이가 살고 있는 집이 어딘지 아시죠?"

"예, 알고 있습니다. 사장님."

"그러면 그 위치를 문자로 보내 주세요. 저도 조사를 해 보고 다시 연락을 하기로 하지요."

"알겠습니다. 사장님."

이 실장은 윤재가 무슨 생각을 하고 있는지는 모르지만 이영훈을 암살하려고 한다고 생각을 하고 있었다.

심장마비로 죽게 되면 이는 타살이 아니기 때문에 이영훈을 따르는 무리들도 다른 말을 하지는 못하기 때문이었다.

윤재는 이 실장이 보내 준 문자를 보고 이영훈이 살고 있는 동네로 이동을 하고 있었다.

사무실의 일은 종현이 우선 처리를 하라고 하였기 때문에 윤재는 걱정을 하지 않고 움직일 수가 있었다.

이영훈이 살고 있는 동네는 청담동이었는데 윤재가 찾아가기 아주 편한 동네였다.

청담동에 도착한 윤재는 이영훈의 집을 확인하였고, 밤이 되기를 기다리고 있었다.

"이제 밤이 되면 너도 인생 종치는 날이겠다."

윤재는 혼자 그렇게 중얼거리며 시간을 보내고 있었다.

야밤이 되자 윤재는 차에서 내려 카메라가 안 보이는 사각지대로 움직이고 있었다.

이영훈의 집은 그리 담벼락이 높지 않아 윤재가 안으로 잠입하는 일은 그리 힘들지가 않았다.

아마도 이들은 카메라를 믿고 있는 모양이었다.

윤재는 그런 그들을 비웃으며 안으로 소리도 없이 잠입을 하고 있었다.

야간에도 경호원들이 집에 대기를 하고 있었지만 윤재에게는 아무런 소용이 없었다.

윤재는 경호원들 중에 아직 잠을 자지 않은 자들이 있는 것을 확인하였지만 조용히 이영훈이 자고 있는 안방을 찾았다.

그리고는 문을 열고 안으로 들어가서는 다시 문을 닫았지만 아무도 그런 사실을 모르고 있었다.

윤재는 이영훈이 자고 있는 침대를 보았는데 이상하게 같이 자고 있는 여자는 어디선가 보았던 여자였다.

'응? 저 여자는 연예인이잖아? 그런데 저런 늙은 이의 품에서 자고 있는 거지?'

윤재는 나이도 젊은 여자가 저러고 있는 것을 보고는 돈 없고 힘없는 자의 일생이 참 힘들게 살고 있다는 생각이 들었다.

그래서 여자는 그냥 편하게 자라고 수혈을 눌러 주었다.

아마도 무슨 일이 벌어져도 여자는 아무것도 모르고 내일 아침까지는 잠만 자게 될 것이다.

이영훈은 여당의 실세라 그런지 몸을 보니 아직도 열심히 운동을 하고 있는 것으로 보였다.

윤재는 그런 영훈을 흔들어 깨우고 있었는데 윤재의 눈빛이 전과는 달리 파란빛이 일렁이고 있었다.

"으응? 뭐야?"

이영훈은 누군가가 자기를 흔드는 바람에 잠에서 깨어나고 있었다.

그리고 눈을 뜨는 순간에 윤재의 눈이 그런 이영훈의 정신을 제압하기 위해 움직였다.

이영훈이 윤재의 눈을 보는 순간 갑자기 정신이 몽롱해지기 시작했다.

하지만 정치인이라 그런지 바로 제압을 당하지는 않고 제법 반항을 하기도 했지만, 결국 윤재의 힘을 이기지 못하고 완전히 제압을 당하고 말았다.

"너는 누구냐?"

"나는 누구지?"

이영훈의 눈동자가 몽롱하게 변하자 윤재는 질문을 하였다.

"너는 이제부터 나의 종이다. 기억하겠느냐?"

윤재가 종이라고 하자 영훈은 눈빛이 강하게 빛이 났다.

"예, 저는 주인님의 종입니다."

이영훈은 그렇게 윤재에게 정신이 제압을 당하게 되었고, 윤재는 이영훈을 통해 알고자 하는 정보를 듣기 시작하였다.

이영훈은 한국인이기는 하지만 중국인과 혼혈이었고, 그 아버지가 중국의 정치인이었다.

아무도 모르게 한국인으로 커 왔지만 머리가 똑똑하니 중국의 아버지는 그런 영훈을 정치인이 되게 하기 위해 많은 투자를 하였고, 지금은 누구도 모르게 거물이 되었던 것이다.

영훈이 이렇게 성장을 할 수가 있었던 이유가 바로 아버지의 자금을 이용하여 성장을 하였기 때문에 가능하였던 것이다.

영훈은 자신이 성장하기 위해 많은 사람들을 포섭하였고, 결국 지금은 여당의 거물로 성장을 하여 이제야 아버지에게 도움을 줄 수가 있게 되었다.

중국의 아버지는 영훈에게 삼합회가 인천에 거점을 잡을 수 있도록 하라는 지시를 받아 항구파를 지원하면서 삼합회가 자리를 마련할 수 있도록 도움을 주고 있었던 것이다.

윤재는 이영훈의 이야기를 들으면서 정말 쓰레기 같은 놈이라는 생각을 하게 되었다.

이런 쓰레기 같은 놈들이 있으니 정치인이 욕을 먹고 있다는 생각이 들어 그냥 죽여 버릴까라는 생각도 들었지만, 이미 자신에게 정신이 제압을 당했기에 겨우 참을 수가 있었다.

"오늘부터 너는 항구파를 박살 내기 위해 수단 방법을 가리지 말고 항구파를 없애 버려야 한다."

"알겠습니다. 항구파를 없애야 하는 일에 모든 전력을 기울이겠습니다."

"그리고 너는 중국에 아버지가 없으니 앞으로는 중국에 협조를 하는 일이 없어야 한다. 물론 삼합회가 한국에 진출하는 것에도 반대를 하고 알겠느냐?"

"그렇게 하겠습니다. 주인님."

"마지막으로 너를 지원하기 위해 중국에서 보낸 재

산은 어디에 보관하고 있는 것이냐?"

이영훈은 자신이 중국에서 받은 재물이 있는 곳을 윤재에게 모두 알려 주면서 자신의 금고에서 그동안 있었던 비리들을 적어 두었던 장부와 통장도 윤재에게 바쳤다.

"이 통장은 그동안 여기저기에서 받은 정치 자금이고, 이 장부는 저희들과 그동안 거래를 하였던 자들에 대한 내역서입니다."

윤재는 통장을 보니 그 안에는 비밀번호도 있었고 모두 차명으로 되어 있어서 문제가 되지는 않아 보였다.

이영훈이 자신의 지시를 따르고 있는 한은 아무런 문제가 생기지 않는 자금이라는 말이었다.

"고맙게 내가 사용을 하도록 하마. 다른 자금은 없는 거냐?"

"당에 사용하는 자금은 제가 관여를 하지 못하게 되어 있어서 건들 수가 없습니다."

윤재는 여당의 자금까지 건드리고 싶지는 않았기에 이 정도에서 손을 떼려고 하였다.

"그러면 항구파를 사라지게 하고 나서 나에게 연락

을 하도록 해라. 가지고 핸드폰은 추적이 되니 몰래
대포폰을 준비하여 나에게 연락을 하여라."

"알겠습니다, 주인님."

이영훈의 대답을 들은 윤재는 그런 이영훈을 재우
고는 조용히 그의 저택을 빠져나오고 있었다.

윤재가 사라지는 것은 아무도 몰랐기에 이영훈의
저택은 평소처럼 고요함을 유지하고 있었다.

윤재는 이영훈의 재산이 보관이 되어 있는 그의 별
장으로 가서 그 안에 보관을 하고 있던 재물들을 모두
차에 싣고 집으로 돌아왔다.

물론 별장에 있던 카메라들은 모조리 박살을 내었
고 말이다.

윤재는 집으로 바로 가면 은주가 있을지도 몰라 우
선은 나중에 은주와 함께 살기 위해 준비하였던 집으
로 가게 되었다.

그 집은 단독으로 만들어져 있었고 지하도 있어서
였다.

윤제는 차에 있던 재물들을 모두 지하에 보관을 하
였고 거실로 와서는 음흉한 미소를 지었다.

"흐흐흐, 이거 완전히 대박인데? 통장에 있는 자금

만 해도 엄청난데 별장에 있는 것은 완전 대박이라고
해도 부족한 돈이네."

별장에서 가지고 온 자금은 무려 칠천억이 되는 자
금이었다.

물론 현금은 하나도 없이 금과 무기명 채권이었지
만, 언제든지 현금화시킬 수 있는 자금이었기에 윤재
에게는 아주 도움이 되기 때문이었다.

그리고 이영훈이 주었던 통장에도 근 삼천억이 넘
는 자금이 들어 있었기에 윤재는 사람들이 정치를 하
려는 이유를 알게 되었다.

"이렇게 버니 정치를 하려고 그 난리를 치는 거
네."

윤재는 그렇게 생각을 하고는 통장의 자금은 바로
이체를 하기로 하였다.

윤재는 자기의 통장으로 이체를 하지 않고 여러 개
의 차명으로 만들어진 통장으로 자금은 분산시키고
있었는데 대부분이 외국계 은행이었고, 일부는 해외
의 계좌였다.

일개 개인이 가지고 있기에는 엄청난 자금이었지만,
통장의 자금은 실질적으로 이영훈의 자금이 아니었고,

그를 따르는 이들이 모은 자금이었고 별장에 있던 자금은 중국의 아버지가 주었던 자금이었기에 이영훈의 개인 자금은 그리 많지가 않았다.

중국의 아버지가 자금을 대 주고 있으니 정치자금을 받을 이유가 없었기 때문에 이영훈의 이미지가 아주 청렴한 것으로 보였던 것이다.

"이제 항구파는 이영훈이 정리를 하기로 했으니 나는 중국놈들을 어떻게 처리를 할지를 생각해야겠다. 이런 일은 이 실장이 잘 알고 있으니 만나서 이야기를 해 보아야겠다."

이 실장은 정보를 취급하는 이였지만 상당히 많은 경험을 가지고 있는 유능한 인물이었다.

윤재는 그런 이 실장의 도움을 얻기로 하고는 조용히 집을 빠져나가고 있었다.

이제는 집으로 돌아가야 하는 시간이었기 때문이다.

윤재의 집에서는 은주가 윤재를 기다리다가 잠이 들었는데 윤재는 문을 열고 들어오니 거실에서 은주가 자고 있는 것을 보고는 미안함을 느끼게 되었다.

"우리 은주가 나 때문에 고생이 많네. 저렇게 자면 몸이 더 피곤할 텐데 말이야."

윤재는 그렇게 말을 하면서 은주를 가볍게 안아 들었다.

윤재가 내기를 사용하고 있어서 은주는 자신이 지금 들리고 있다는 것도 모르고 자고 있었다.

윤재는 그런 은주를 침대로 데려가 눕혔다.

은주의 몸에 이불을 덮어 주고는 자신인 거실로 나와서 자게 되었다.

아침이 되자 은주는 기지개를 펴며 눈을 떴다.

"으하암. 잘 잤다."

그런데 기지개를 펴면서 은주는 이상한 느낌을 받았다.

"어? 어제 거실에 티브이를 보고 있었는데?"

은주는 빠르게 몸을 일으켜 거실로 나와 보니 윤재가 거실의 쇼파에서 자고 있는 모습을 볼 수가 있었다.

은주는 그런 윤재를 보며 입가에 아주 사랑스러운 미소를 지었다.

"호호호, 오빠가 나를 침대에 데리고 간 모양이네. 그런데 이제는 같이 자도 되는데 말이야."

은주는 앙큼한 생각이 들었다.

윤재와는 이미 결혼을 한 것과 같이 생활을 하고 있었기 때문에 이제는 함께 자도 윤재를 믿을 수가 있었기 때문이다.

윤재가 은주에게 결혼 전에는 절대로 동침을 하지 않겠다고 해서 그렇지 아니었으면 은주는 벌써 윤재와 한 방을 사용하고 있었을 것이다.

은주에게는 그만큼 윤재의 존재가 마음 깊숙이 자리를 잡고 있었기 때문이다.

은주는 윤재가 자고 있는 곳으로 다가가 윤재의 입술에 살짝 키스를 해 주었다.

그런데 은주가 그러고 있을 때 윤재의 눈이 번쩍 떠졌다.

윤재는 은주가 키스를 하는 것에 눈을 뜨고는 강하게 은주의 머리를 안았다.

그리고 두 사람은 강하면서 부드러운 키스를 아침부터 하게 되었다.

은주는 아침에 윤재가 강하게 키스를 해 주니 자신의 심장이 심하게 떨었다.

한참의 키스는 그렇게 마치게 되었지만, 은주는 키스의 여운을 느끼는지 가만히 손으로 자신의 입술을 만지게 되었다.

"언제 일어난 거야?"

"금방 일어났어요. 어제 왜 그렇게 늦은 거예요?"

"아, 이 실장님과 공사 때문에 이야기를 한다고 그 랬지."

은주도 윤재가 이 실장과 일 때문에 늦게까지 일을 하는 것을 알고 있었기에 다른 말은 하지 않았다.

"아참, 오늘 아빠가 퇴원을 하기로 했는데 같이 갈 래요?"

"어, 벌써 퇴원을 하실 날이 되었나? 오후에는 나 도 장담을 못하겠는데 어쩌지?"

그런 윤재의 반응에 은주도 요즘 회사가 바쁘다는 것을 알고 있어서 별다른 말은 하지 않았다.

"일이 바빠서 그렇다고 하는데 어쩌겠어요. 오늘 오후에 저만 시간을 내서 병원에 다녀올게요."

"그렇게 하고 나중에 내가 정식으로 인사를 드린다 고 해 줘. 바쁜 일만 정리를 하고 나면 될 거야."

"알았어요."

은주는 윤재의 말에 화사하게 웃으면서 대답을 했 다.

그런 은주를 보고 있는 윤재의 눈빛에는 사랑이 가
득 담겨 있었다.

사무실로 출근을 한 윤재는 바로 이 실장을 찾았다.

"이 실장님 저와 잠시 이야기 좀 하지요."

"예, 사장님."

윤재와 이 실장은 회의를 하는 사무실로 들어갔다.

어제 윤재는 많은 고민을 하였는데 바로 이 실장에
게 이영훈에 대한 이야기를 어떻게 해야 할지를 말이
다.

그래서 결론은 그냥 이영훈에 대한 이야기를 조금
색다르게 전개를 하여 말을 하기로 결정을 내리게 되
었다.

바로 정신을 제압하는 무공을 자신이 익히고 있다
고 말이다.

대신 이 방법은 정말로 극악한 인물이 아니면 사용
을 해서는 안 된다고 하기로 하였다.

자신도 자주 사용을 할 수가 없고, 한 번 사용을 하
면 최소한 한 달은 고생을 해야 한다고 말이다.

윤재는 자신이 생각한 스토리로 이 실장에게 모든

이야기를 해 주었다.

이영훈이 중국인 아버지를 두고 있는 것부터 시작해서 그동안 이들이 하였던 짓들에 대한 장부를 자신이 가지고 있다는 것도 포함하여 지금 이영훈이 자신의 지시를 받아 오늘부터 항구파를 박살을 내게 될 것이라는 이야기까지 해 주었다.

이 실장은 윤재의 이야기를 들으면서 놀라는 정도가 아니라 까무러치고 싶은 심정이었다.

사람의 정신을 제압하는 무공이 있다는 것도 놀라운 일인데 그런 무공을 윤재가 익히고 있다는 사실에 이 실장은 윤재가 얼마나 두려운 존재인지를 생각하게 되었기 때문이다.

"저기 사장님 그러면 지금 이영훈은 사장님의 지시를 받아 항구파를 무너지게 한다는 말입니까?"

"그렇습니다. 아마도 그렇게 시간이 걸리지 않을 거라고 봅니다. 저는 항구파가 무너지고 나면 중국의 삼합회가 어찌 나올지가 궁금해지네요. 그리고 그들을 과연 어느 조직과 전쟁을 하게 해야 할지를 몰라 이 실장님과 의논을 하려고 하는 겁니다."

이 실장은 아직도 정신이 없는 눈동자를 하며 윤재

를 보고 있었다.

윤재를 알고 나서는 하루가 다르게 윤재의 실체가 자신이 생각하는 이상의 존재라고 생각을 하고 있었지만 오늘처럼 놀라기는 처음이었다.

윤재가 가지고 있는 강력한 무력만 해도 기절을 할 정도였는데 그런 무력보다도 더 신비한 힘을 윤재가 가지고 있다는 사실을 알게 되자 이 실장은 솔직히 그런 윤재가 두려웠다.

이 실장은 고개를 흔들며 정신을 차렸고 이내 차분해진 눈빛을 하며 윤재를 보았다.

"사장님 중국의 삼합회를 상대하려면 그만한 역량이 있는 조직을 선택해야 합니다. 인천에서는 그만한 조직이 없고 서울의 조직들 중에 고르셔야 합니다."

"서울의 조직이 인천에 있는 중국놈들과 전쟁을 하려고 할까요?"

"솔직히 삼합회와 전쟁을 해서 승산이 없으니 아마도 전쟁을 하기는 쉽지 않을 겁니다."

윤재는 이 실장의 이야기를 들으면서 가만히 생각을 하게 되었다.

그러다가 문득 천무단의 무인들이 생각이 나게 되었다.

"이 실장님 그 배달문의 총관하고는 아직도 연락을 합니까?"

"예, 자주는 아니지만 연락을 하고 있습니다."

이 실장은 무엇 때문에 묻는지를 몰라 의문스러운 눈빛을 하며 윤재를 보았다.

"제가 보기에는 서울의 조직이 삼합회를 상대한다는 것은 아무리 생각해도 어려운 일인 것 같습니다. 그래서 전에 배달문의 무인들을 우리가 섭외를 하여 아예 천무단과 같은 조직을 만드는 것은 어떠세요? 그들에게 힘을 주어 인천을 관리하게 만들면 삼합회라고 해도 쉽게 여기에 거점을 만들지는 못하게 될 겁니다."

윤재의 이야기를 들은 이 실장은 윤재가 힘을 보태주면 충분히 강한 조직이 될 수 있다는 생각이 들었다.

그리고 천무단의 무인들은 근본적으로 조직의 건달들과는 다른 인물들이었기 때문에 강했다.

무인 한 명이면 조직원 다섯은 상대를 할 수가 있

기 때문이었다.

그만큼 강한 이들이 몰려 있던 곳이 천무단이었기에 이 실장도 그곳에 속해 있던 이들을 다시 모은다면 아마도 상당한 조직이 만들어질 수도 있다는 생각이 들었다.

"좋은 생각이기는 한데 과연 그들이 다시 모이겠습니까? 그리고 지금 사장님이 만들려고 하는 조직은 건달 조직이지 않습니까?"

"말이 건달 조직이지, 사실은 건달 짓을 하지 않는 그런 조직이지요. 저는 조직을 만들어서 건달들이 행패를 부리지 못하게 하는 것이 목적이니 말입니다."

윤재의 의견을 들은 이 실장은 혹시 제 이의 천무단을 만들려고 하는 것이 아닌가라는 의문이 들었지만 윤재의 성격을 알기에 그런 의문은 지워 버렸다.

윤재는 그런 조직을 만들라고 해도 관심이 없는 그런 인물이었기 때문이다.

"제가 먼저 연락을 해 보겠습니다. 우리의 생각도 중요하지만 저들이 어떤 생각을 하고 있는지를 알아야 대책을 세울 수가 있으니 말입니다."

"그렇게 하세요. 하여튼 항구파는 이제 신경을 쓰지 않아도 되니 중국놈들의 움직임을 주시해 주세요. 필요하다면 저도 무력을 이용할 생각이니 말입니다."

윤재가 무력을 동원해 주겠다는 말을 하자 이 실장은 아주 든든함을 느꼈다.

대한민국에서 가장 강한 사람이 힘을 보태 주겠다고 하는데 든든하지 않을 수가 없었다.

"알겠습니다. 저들은 제가 주시를 하지요."

이 실장은 그렇게 대답을 하고는 나갔다.

혼자 남은 윤재는 자신이 과연 일을 잘 처리하였는지에 대해 생각을 하였다.

항구파는 어차피 정리를 해야 하는 조직이었기에 이영훈을 이용하여 정리를 하면 되겠지만 삼합회는 조금 곤란하기 때문에 자신이 직접 무력을 동원하는 방법도 생각 중이었다.

그렇게 하고 인천을 새롭게 만든 조직이 관리를 하게 하는 방법이 가장 좋을 것이라는 생각이 들었다.

'수장이 생각을 잘해야 하는데 말이야.'

수장의 눈빛을 보니 그는 아마도 더 이상은 이런 세계로 오고 싶어 하지 않는 것 같아서 윤재는 걱정이 되었다.

무인들이 있다면 자신이 직접 수련을 시켜 더욱 강하게 만들 수는 있었지만, 처음부터 시작을 하려면 오랜 시간이 걸리기 때문에 윤재도 곤란했다.

9장
대한회를 만들다

이 실장은 윤재의 건의로 수장에게 전화를 걸었다.

"어쩐 일로 연락을 하셨습니까?"

"다름이 아니라 전에 배달문의 무인들의 문제 때문에 연락을 하게 되었습니다."

"배달문은 이제 사라지고 없으니 그렇게 부르지 마세요."

수장은 배달문을 완전히 해체를 하였기에 하는 소리였다.

이 실장도 알고 있는 것이었기에 바로 사과를 하였다.

"이거 미안합니다. 사실은 우리 사장님께서 연락을

하라고 해서 이렇게 전화를 드리게 되었습니다."

이 실장은 그러면서 무인들이 필요하다는 이야기를 하게 되었다.

윤재가 이번에 새롭게 조직을 만들려고 한다는 말을 하면서 무인들이 필요하다는 말을 전하게 되었다.

그러면서 기존의 천무단과 같은 그런 조직이 아니라 이번에는 아주 새로운 조직을 만들려고 한다는 말을 하게 되었다.

수장은 이 실장이 하는 이야기를 모두 듣고는 조용히 물었다.

"그렇다면 정치와는 아무런 상관이 없는 오로지 무력만 사용하는 그런 조직을 만들려고 하는 겁니까?"

"그렇습니다. 이번에 만들 조직은 인천만 관리를 하는 그런 조직으로 만들어지게 될 겁니다. 사장님의 터가 인천이니 말입니다."

"하기는 이 사장님이 인천에 계시니 조직이 만들어지기만 해도 다른 조직에서는 상대를 못하겠지요."

수장은 이미 윤재가 전국의 조직들에게 이름이 알려져 있기 때문에 이번에 윤재가 직접 조직을 만들게 되면 천이 있는 방향으로는 아무도 눈을 돌리지 않을 것이라는 생각이 들었다.

그만큼 윤재는 강력한 존재로 인식이 되어 있었기 때문이다.

"예, 그래서 도움을 좀 얻었으면 해서 연락을 드리게 된 겁니다."

"음, 무슨 이야기인지 알겠습니다. 하지만 이미 해체를 하였기 때문에 저도 그들이 어디에 있는지를 알지 못하니 이거 도움을 드리지 못하겠습니다. 아, 한 명은 제가 연락처를 가지고 있네요. 그 사람의 연락처라도 드릴까요?"

이 실장은 한 사람의 연락처라도 있으면 나머지 사람들을 찾을 수가 있다는 생각이 들었다.

"감사합니다. 한 명을 찾으면 다른 사람도 찾을 수가 있겠지요. 부탁드리겠습니다."

"하하하, 이 실장님이 매우 바쁘겠습니다."

수장은 그렇게 말을 하고는 바로 연락처를 알려 주었다.

이 실장은 수장에게 받은 연락처를 적어 두고는 서서히 움직이기 시작했다.

윤재와 이 실장이 새로운 조직을 만들기 위해 움직

이고 있을 때 이영훈은 검찰에 전화를 하고 있었다.

"박 지검장이 힘들겠지만 좀 힘을 써 주었으면 좋
겠습니다."

"아니, 그런 나쁜 놈들을 그냥 둘 수는 없는 일이
지요. 걱정하지 마십시오. 제가 알아서 청소를 해 드
리겠습니다. 이 의원님."

"하하하, 부탁합니다. 나중에 내 거하게 한잔 사겠
습니다."

"이거 거하게 얻어먹으려면 힘 좀 써야겠습니다.
하하하."

이영훈의 연락을 받은 인천지검의 지검장은 웃으면
서 대화를 하고 있었지만 어차피 항구파라는 조직 하
나 사라진다고 해서 검찰의 위상이 변하는 것은 아니
었기에 바로 수락을 하고 있었다.

그리고 사실 조직을 없애는 일을 하면 자신도 좋은
일이기 때문이었다.

전화를 마치고 지검장은 혼자 중얼거리고 있었다.

"놈들이 든든한 빽을 스스로 걷어찼으니 이제부터
는 사정없이 칼질을 해야겠다."

이영훈은 항구파를 자신이 그동안 보호를 해 주었

는데 놈들이 배은망덕하게 자신의 이름을 이용하고 있어서 지금 곤란한 입장이 되고 있다는 말을 하면서 항구파를 완전하게 정리를 해 달라는 부탁을 하였던 것이다.

그동안 항구파의 죄를 알고 있었지만 이영훈이 있어 건들리지 않았는데 이제는 사정이 달라졌다.

박 지검장은 차가운 미소를 지으며 바로 작업을 하기 위해 움직이게 되었다.

인천에서는 대대적인 검거가 시작이 되었는데 이는 항구파를 목표로 검거를 하고 있었다.

인천의 검경이 총동원을 하여 놈들을 검거하게 되자 항구파는 하루아침에 몽땅 경찰에 구속이 되고 말았다.

이들은 갑작스러운 일이었기에 피하지도 못하고 바로 검거를 당하게 된 것이다.

"아니, 나를 왜 잡는 겁니까?"

"이 자식이 항구파 보스이니 잡아들이는 거지? 그냥 조용히 가자."

"아니, 나는 건전한 사업을 하는 사업가이지 건달 조직의 보스가 아니란 말입니다."

항구파의 보스인 김철준은 항구파의 실질적인 보스이지만 겉으로는 사업을 하는 사업가로 위장을 하고 있었다.

하지만 이번 검거에는 검찰의 지시로 김철준을 검거하게 되었는데 아마도 이들이 저지른 사건에 대한 증거를 이미 확보하고 있는 모양이었다.

"김철준, 창피하게 굴지 말고 남자답게 당당하게 굴자. 이미 너에 대한 증거가 모두 확인이 되었으니 말이다."

한 경찰의 말에 김철준은 안색이 창백해지고 말았다.

건달 조직이 은밀히 처리하는 일들이 많았기에 그런 일들에 대한 증거를 모으게 된다면 아마도 자신은 죽을 때까지는 감방에서 살아야 할지도 모르는 일이었다.

항구파의 조직원들은 검거를 당하여 모두 구속이 되었지만 아직도 항구파의 조직원들이 남아는 있었다.

이들은 조직의 피라미들이었기에 경찰들도 그런 놈들까지는 잡아들이지 않았던 것이다.

인천의 항구파가 완전하게 박살이 나자 제일 답답

한 놈들이 바로 중국의 삼합회였다.

쾅!

"아니, 항구파는 정치인의 비호를 받아서 확실하다고 하지 않았나?"

이들은 항구파와 협력을 하여 인천에 거점을 마련하기로 하였고, 그에 대한 보상으로 상당한 자금을 항구파에 지원을 하고 있었다.

자금이야 나중에 찾으면 되지만 가장 중요한 것이 항구파가 사자지면 자신들이 바로 노출이 되기 때문에 더 걱정이 되었다.

아직은 완전한 자리가 아니었기 때문이다.

"저도 모르겠습니다. 항구파에 대한 정보는 상부에서 준 것입니다."

"당장 전화를 걸어 어떻게 된 일인지 알아야 대처를 할 것이 아냐?"

"알겠습니다."

삼합회 한국 지부를 만들려고 하는 남자는 자신의 꿈이 초장부터 문제가 생기자 불같이 화를 내고 있었다.

중국에서도 지금 항구파가 무너진 사실을 알고는

난리가 났다.

"이게 도대체 어떻게 된 일이요?"

"제가 다시 확인을 해 보겠습니다. 이상하네요?"

이영훈의 아버지는 아들이 그동안 자신의 지시대로 잘 움직이고 있었는데 이런 일이 생겼다는 사실이 이해가 가지 않았다.

"지금 당장 알아보세요. 지금 삼합회의 회주놈이 생난리를 치고 있다고 합니다."

이들 정치인들도 삼합회의 도움을 받고 있었기 때문에 어느 정도는 그들의 일에 협조를 하고 있었다.

그리고 한국에서 무슨 짓을 하든지 이들과는 상관이 없다고 생각을 하고 있었다.

"알겠습니다. 지금 바로 알아보지요."

그리고는 바로 전화를 걸었는데 이상하게 전화를 받지 않았다.

"응? 왜 전화를 받지 않는 거지?"

이 진용은 이상한 생각이 들었는지 급히 다른 곳으로 전화를 걸었다.

드드드.

"여보세요?"

"이영훈이가 왜 전화를 받지 않는 것이냐?"

"저희도 잘 모르겠습니다. 지금 저희도 연락이 되지 않고 있습니다."

"무슨 소리를 하는 거야? 너희들이 그곳에 있는 이유가 무엇인데 그런 소리를 하는 거냐?"

이 진용은 화가 나서 소리를 질렀다.

"죄송합니다. 그런데 이상한 것이 마치 딴사람이 된 것처럼 저희를 대하고 있습니다. 그리고 더 이상은 연락이 되지 않고 있습니다."

이 진용은 자세한 설명을 듣고는 이해가 가지 않았다.

아들이 한국에서 자라기는 했지만 분명히 자신의 뜻을 따라 지금까지 잘 성장을 하였기에 다른 생각을 하지 않았는데 지금은 상황이 달라지고 있었다.

"당장 이영훈의 주변을 감시하고 놈이 무엇 때문에 변했는지를 알아보고 보고해."

"알겠습니다."

이 진용은 이해가 가지 않았는지 다시 이영훈에게 전화를 걸었지만 역시 받지 않았다.

성질이 난 이 진용은 전화기를 던져 버렸다.

팍!

퍼석.

이 진용의 분노에 엄한 전화기만 박살이 나고 말았
다.

"만약에 네놈이 배신을 한 것이라면 너는 죽지도
살지도 못하게 만들어 주마."

그동안 이영훈에게 들어간 자금만 해도 엄청난 돈
이었기 때문에 놈이 배신을 하였다면 그 자금을 찾을
수가 없게 되었기 때문이었다.

중국에서는 이영훈의 문제 때문에 이 진용이 곤란
하게 되었기에 이 진용은 무슨 수를 써서라도 그 이유
를 알아내려고 하고 있었다.

한편 인천에 있는 삼합회는 아직 중국에서 연락이
없어 발만 동동 굴리고 있었다.

"도대체 언제 연락을 해 주겠다는 거야?"

"기다리고 있으라는 전갈만 있었습니다."

"좋아, 그 문제는 일단 넘어가고 항구파는 어찌 되
고 있느냐?"

"항구파는 이제 그만 포기를 하시는 것이 좋을 것
같습니다. 이미 한국 경찰들이 항구파의 보스와 간부

들을 모조리 잡아갔다고 합니다."

"그러면 우리의 자금은 어떻게 하고?"

이들은 인천에 거점을 만들기 위해 항구파에는 많은 자금을 투입하였기에 자금이라도 회수를 해야 했다.

감옥에 간 놈들이야 자신들과 상관이 없다고 하지만 자금은 안이었기 때문이다.

만약에 자금을 회수하지 못하면 자신도 무사하지 못할 것이기 때문이다.

"지금 자금에 대한 조사를 하고 있는 중이니 조금만 기다려 주십시오."

"무슨 수를 써서라도 자금을 회수해야 한다. 무슨 말인지 알겠지?"

"예, 알겠습니다."

윤재는 항구파가 하루 만에 박살이 난 것을 보고는 이영훈의 힘이 생각 보다는 강하다는 것을 알게 되었다.

"흠, 이영훈이 거물이기는 한 모양이네. 항구파를 정리하라는 지시를 하루 만에 바로 처리를 하는 것을 보면 말이야."

윤재도 항구파가 정리되는 것을 보고는 조금 놀란 얼굴을 하였다.

그러면서 이 실장이 무인들을 모집하는 일이 잘돼야 한다는 생각을 하게 되었다.

그들이 있어야 중국 놈들을 다시 몰아낼 수 있었기 때문이다.

사실 몰아내는 거야 윤재가 해도 되는 일이지만 문제는 관리였다.

인천지역을 관리하려면 인원이 있어야 하는데 무인들이 있으면 인천의 조직들을 모조리 통합을 해서 관리를 할 생각을 하고 있었기 때문이다.

그렇게 해야 중국놈들이 다시는 인천으로 들어오지 못하기 때문이었다.

한국에서는 총질을 하지 못하기 때문에 놈들도 대대적으로 총질을 하지는 않을 것이라고 보는 윤재였다.

"가만 부산에는 일본의 야쿠자 놈들이 판을 친다고 하는데 그놈들과 싸우게 하는 방법은 없을까?"

윤재는 문득 그런 생각이 들었다.

야쿠자와 전쟁을 하게 되면 저희들끼리 치고 박는

것이니 문제가 되지 않을 것 같아서였다.

윤재는 그런 생각이 들자 고민을 하게 되었다.

일본놈들과 중국놈들이 전쟁을 하려면 많은 준비가 필요했고 시간이 있어야 했다.

그리고 문제는 이들이 서로가 적이라고 생각을 하게 해야 하는데 과연 가능할지는 모르는 일이었다.

윤재는 혼자 그런 고민을 하다가 이런 일에는 이 실장이 있어야 한다는 생각이 들었다.

"확실히 나는 머리를 쓰는 것 보다는 몸으로 때우는 현장 체질인 것 같다."

윤재가 그런 생각을 하고 있을 때 이 실장은 지금 과거 무인들을 만나고 있었다.

이들은 개개인으로 헤어지기도 하였지만 그냥 단체로 있는 곳도 있었다.

이 실장은 우선 단체로 모여 있는 곳을 먼저 찾아가서 섭외를 하고 있었다.

"우리 사장님의 무력은 여러분들도 인정을 하실 겁니다."

"알고 있습니다. 아마도 국내에서는 그분의 무예를 이길 수 있는 무인은 없을 겁니다."

"그러니 하는 말입니다. 그분이 직접 여러분을 수련시켜 주시겠다고 하니 가시지 않겠습니까? 이번에 만드는 조직은 과거의 조직과는 다릅니다. 정치인과는 아예 만나지도 않을 것이니 말입니다."

"하지만 건달 조직을 통합한다고 하지 않았습니까? 저희는 그런 건달 조직이 아닙니다."

이 실장이 이들과 실랑이를 하는 이유가 바로 이 문제였다.

이들은 자신들이 무인이지 건달이 아니라고 하고 있었고, 이 실장은 이들에게 건달 조직을 관리만 하는 것이지 그 조직에 속한 이는 아니라고 설명을 하고 있는 중이었다.

이 실장은 결국 비장의 카드를 꺼내게 되었다.

"여러분은 대한회에 속하게 되어 인천 지역의 건달 조직을 다스려야 합니다. 무인이 무엇입니까? 힘만 가지고 있는 무인이기보다는 그 힘을 정당하게 사용한다면 다른 이들이 그런 당신들을 얼마나 존경하는 눈으로 보겠습니까?"

이 실장의 달변에 가까운 말에 무인들이 흔들리기 시작했다.

그동안 자신들은 욕만 먹고 살아왔는데 이 실장의 이야기대로 남에게 칭찬을 들을 수가 있다는 말이 이들의 마음을 움직이게 하고 있었다.

"정말 건달 조직이 아닙니까?"

"그렇습니다. 그 점에 대해서는 확실하게 대답을 할 수 있습니다. 우리는 대한회라는 무인들의 집단입니다. 하지만 지금 인천에는 중국의 삼합회가 진출을 하려고 하는데 이를 막을 조직이 인천에는 없습니다. 그래서 대한회가 움직여 인천의 모든 조직을 통합하게 하여 삼합회에 대항을 하게 만들어야 합니다. 그게 우리가 해야 하는 일입니다. 그렇게 인천을 방어 하면 인천에 사는 시민들이 우리를 어떻게 생각하겠습니까?"

이 실장의 달변에 무인들은 바로 넘어가게 되었다.

이들은 중국놈들이 인천을 장악하기 위해 온다는 말에 바로 분노를 하고 있었다.

사실 천무단에 있을 때도 이들이 가장 좋아했던 것들이 바로 중국이나 일본의 놈들이 오지 못하게 막자고 하여 이들이 동조를 하였던 것이다.

"알겠습니다. 대한회에 가입을 하지요."

"고맙습니다. 여러분의 오늘 내린 결정이 정말 후회가 없도록 해 드리지요."

이 실장은 그렇게 대답을 하고는 속으로 한숨을 쉬었다.

'휴우, 이제 한 걸음을 걸었는데 이렇게 힘들 줄이야.'

이 실장은 무인을 설득하는 일이 이렇게 힘이 드는 일인지는 처음 알았다.

이들에게는 아무리 좋은 이야기를 해도 결국 중국 놈들이 인천에 자리를 잡으려고 한다는 말 한마디를 이기지 못하게 하였기 때문이다.

그 말을 하자 이들은 바로 반응을 하였고 가입을 하겠다고 하는 것을 보고는 이 실장은 자신이 무엇을 실수하였는지를 깨달을 수가 있었다.

한 가지를 깨닫자 그 다음부터는 일사천리로 진행이 되었다.

배달문의 무인들을 모두 대한회에 속하게 하였고 이들의 거점은 윤재가 있는 근처로 정했다.

"사장님 무인들을 모두 대한회에 가입을 하게 하였습니다."

윤재는 이 실장의 보고에 입가에 미소를 지으면 대답을 해 주었다.

"수고하셨습니다. 이 실장님이 계시니 일이 아주 잘 처리가 되었습니다."

"아닙니다. 그런데 이들이 있을 장소가 있습니까?"

"아, 장소라면 걱정 마세요. 이미 구해 두었습니다."

윤재는 대한회를 생각하면서 이미 장소를 물색하였고 이들이 거처를 할 수 있게 구조를 만들어 두었기 때문이다.

대한회는 모두 37명의 무인들로 구성이 되었는데 윤재는 부족한 인원을 채울 생각은 없었다.

무인들이 도착을 하자 윤재는 만사를 제치고 달려갔다.

많은 무인들이 윤재를 보자 정중하게 인사를 하였다.

"인사드립니다. 오늘부터 대한회에 가입을 한 정태영이라고 합니다. 여기 무인들의 대표를 맞고 있습니다."

"반갑습니다. 여러분들이 나의 뜻을 따라 주어 정

말 고맙게 생각합니다. 이제부터 여러분은 새로운 무예를 나에게 배우게 될 겁니다."

윤재의 말에 무인들은 서서히 흥분을 하게 되었다.

이들은 윤재가 익히고 있는 무예를 배울 수 있다는 자체만으로도 몸과 마음이 흥분이 되고 있었다.

"그러면 앞으로 호칭은 어떻게 해야 합니까?"

"우리는 대한회에 속해 있지만 호칭은 나에게 무예를 배우는 동안 모두 사범님이라고 부르고 그 후에는 회주라는 호칭을 사용하도록 하겠습니다. 그리고 이시간이 지나면 여러분들에게 하대를 할 것이니 모두 그렇게 알고 있도록."

"알겠습니다. 사범님."

무인들은 수련을 할 때 사용을 하던 호칭이라 아주 편하게 적응을 하고 있었다.

"이제부터 그대들은 3개 조로 편성을 하여 움직이게 될 것이다. 그러니 오늘은 각 조를 대표할 사람을 선정하도록 하고 편히 쉬기 바란다."

윤재가 마지막 말을 전달하고는 그만 쉬라고 하였다.

이들에게 조를 편성하게 한 이유는 나중에 불시에

다른 곳으로 동시에 공격할 일이 있을 것을 대비하여 항상 조별로 움직이게 하려는 뜻이었다.

그렇게 대한회는 만들어지게 되었다.

윤재는 이들에게 무예를 전수하기 시작하였는데 자신이 익히고 있는 것들 중에 강한 것을 제외하고 알려주고 있었다.

강한 것에는 살기가 있어 이들에게 도움을 주지 않다고 판단이 들어서였다.

그리고 이들이 익히고 있는 무예도 알게 되었는데 대부분이 짜깁기를 해서 그런지 그 안에는 내용이 없는 그런 무예였다.

눈으로 보여 주는 무예는 시간이 지나면 깊이 있게 배운 무인들과 상대를 할 때는 적수가 되지 못하기 때문이다.

윤재는 그런 무인들에게 자신의 무예를 전수하였고, 이들은 그런 윤재의 무예를 배우면서 최선을 다하고 있었다.

"이 실장님 중국 애들은 어쩌고 있습니까?"

"놈들은 지금 자신들의 자금을 회수하기 위해 움직이고 있는 것 같습니다."

"무슨 자금을요?"

"저들이 인천에 오면서 항구파에 제법 많은 자금을 주었던 모양입니다. 아마도 거점을 주는 조건으로 주었던 자금인 모양인데 항구파가 저렇게 되었으니 이제는 자금을 회수하고 싶은 모양이지요."

윤재는 놈들이 가지고 있는 자금이라는 말에 눈빛이 빛나고 있었다.

"그 자금 우리가 회수를 하지요?"

"예? 중국 놈들이 얼마나 지독한지 아시고 하시는 말씀이세요?"

"지독한 것은 우리 한국인도 마찬가지지요. 여기로 온 자금이니 다시 가져가지 못하게 해야지요."

윤재는 놈들의 자금을 자신이 회수를 하여 아예 놈들이 더욱 힘들게 만들어 주고 싶었다.

이 실장은 윤재의 말이 진심으로 들려 다시 확인을 하게 되었다.

"진심이세요?"

"그럼요. 저놈들이 돌아갈 때는 빈손으로 보내야 하지 않겠습니까?"

윤재의 말에 이 실장은 그냥 웃고 말았다.

"하하하, 역시 사장님은 다른 사람들과는 다른 분이십니다. 제가 책임지고 놈들의 자금을 추적을 해 보지요."

"힘드시면 언제든지 연락을 주세요. 바로 도와드리겠습니다."

이 실장은 말만 들어도 든든함을 느끼게 되었다.

윤재의 실력을 알고 있기에 언제든지 지원을 받을 수 있는 강력한 힘이 있으니 이 실장도 일을 처리하는 데 걱정이 없었다.

이 실장이 바로 자금을 추적하기 시작하였지만 항구파가 이미 구속을 당해 있어서 자금을 추적하는 일이 쉽지 않았다.

하기는 이 실장이 그러니 중국 놈들도 아직 자신들의 자금을 회수하지 못하고 있는 모양이었다.

한편 이영훈을 감시하고 있는 놈들은 이영훈을 보면서 완전히 변했다는 사실을 알게 되었다.

이영훈의 행보가 이제는 중국과는 완전히 등을 돌리는 짓을 하고 있었기 때문이었다.

"대인, 이영훈은 이제 우리의 적이 되었습니다."

이 진용은 아들이 왜 그렇게 변했는지가 더 궁금했다.

"주변을 보면서 그 이유에 대해서는 알아보았는가?"

"아무리 살펴보아도 주변에 새로운 인물은 없었습니다. 제가 보기에는 우리의 자금을 그냥 먹고 싶어서 저러는 것 같습니다."

자금이라는 말에 이 진용은 조금 놀라는 눈빛이었다.

이영훈을 차기 대선에 출마를 시키기 위해 이 진용은 엄청난 자금을 이영훈에게 지원을 하고 있었기 때문이었다.

만약에 아들이 대선에 당첨이 되기만 하면 그런 자금은 얼마든지 회수를 할 수가 있었기 때문에 이 진용도 아끼지 않고 자금을 지원해 주었던 것이다.

그런 자금 때문에 놈이 변했다면 이는 자신의 판단이 잘못이라는 생각이 들었다.

"조금만 더 놈을 살펴보고 그래도 아무 이상이 없이 저러고 있다면 그때는 정리를 하도록 해라. 우리의 자금은 철저하게 회수를 하고 알겠느냐?"

"예, 알겠습니다. 대인."

이 진용의 허락이 떨어지자 이들은 입가에 차가운 미소를 지었다.

이영훈이 갑자기 저렇게 변한 이유를 모르니 이들
은 그렇게 판단을 하게 되었다.

이들은 이영훈이 윤재의 지시에 따라 자신들을 적
대하고 있다는 사실을 모르니 어쩔 수 없는 일이었다.

10장
공짜로 언제나 좋아

이 실장은 요즘 골머리를 싸매고 있었는데 그 이유가 바로 윤재가 한 이야기 때문이었다.

윤재가 한 이야기는 바로 야쿠자와 삼합회가 싸울 수 있게 하는 방법을 좀 찾으라는 것이었는데 이 실장이 아무리 머리를 굴려도 방법이 생각이 나지 않아서였다.

"아유, 이런 골치 아픈 일만 나 보고 하라는 거야?"

이 실장은 골머리가 아프니 짜증을 내고 있었다.

이거는 보통 신경이 쓰이는 작업이 아니었기 때문이었다.

그리고 야쿠자니 삼합회 놈들이 어디 보통 놈들인
가 말이다.

가장 중요한 문제는 놈들이 있는 거리가 문제였는
데 부산에 있는 놈들과 인천에 있는 놈들을 싸우게 할
묘수가 생각나지 않았다.

윤재는 이 실장이 그러고 있을 때 무인들을 수련시
키고 있었다.

회사의 일은 종현이 처리를 하게 하였고 이 실장을
따라온 인물들도 이제는 업무를 아주 잘 처리하고 있
어서 윤재가 없어도 문제가 되지는 않았다.

현장에서 공사만 잘하면 되는 일이니 크게 문제가
생기지도 않았다.

현장은 최 소장이 알아서 잘 처리를 하고 있었기
때문이다.

물론 다른 현장도 있었지만 최 소장이 총괄적으로
모든 현장을 관리하기 때문에 현장에서는 소란이 일
어나는 일이 없었다.

인천의 조직들은 요즘 비상이 걸려 있었다.

항구파가 하루아침에 사라졌기 때문인데 각 조직들
은 항구파를 사라진 이유를 알기에 서로 조심을 하고

있는 중이었다.

지금은 숨어서 살아야 나중에 조직을 키울 수도 있었기 때문이다.

"형님 다른 조직들도 다 잠수를 타고 있다고 합니다."

"그거야 당연하지 항구파가 당한 것을 보니 아마도 다른 조직들도 스스로 조심을 하고 있을 거야."

"휴우, 가장 큰 조직이 하루아침에 그런 꼴이 될 줄은 누가 알았겠습니까?"

"자금은 우선 살아야 하니 모두에게 무조건 잠수를 하고 있으라고 전해라. 당장 경찰의 눈에서 피해야 하니 말이다."

조직들은 지금 검경의 눈길을 피해 지방으로 가서 있는 경우도 있었다.

그만큼 지금은 인천이 위험하다고 판단을 하고 있었기 때문이었다.

윤재는 각 조직들이 그러고 있는 것을 알고 있었지만, 지금은 그냥 무인들을 수련시키는 일에만 전념을 하고 있었다.

이들이 어느 정도는 실력이 되어야 움직일 수가 있

다고 생각이 들어서였다.

무인들은 윤재에게 배운 무예를 익히면서 연일 눈에 보일 정도로 발전을 하고 있었다.

'이제 한 달 정도만 이들을 수련하면 어느 정도 마음에 들기는 하겠어.'

윤재가 보기에 무인들의 실력이 자신의 눈이 차지 않아 조금은 혹독하게 수련을 시키고 있었다.

무인들도 윤재에게 배운 무예를 사용하면서 자신의 실력이 전과는 다르게 상당히 좋아지고 있었기 때문에 윤재가 아무리 혹독하게 하여도 불만이 없었다.

스스로가 강해지고 있는 것을 알기에 불만을 가질 수가 없었다.

삼합회의 놈들은 지금 자신들의 자금을 회수하지 못해 길길이 날뛰고 있었다.

"아니, 왜 아직도 자금을 회수하지 못하고 있는 거야?"

"놈들이 지금 감옥에 수감이 되어 면회를 거절하고 있어서 그렇습니다."

"이놈들이 아주 죽으려고 작정을 한 거냐?"

삼합회가 무서운 이유는 이들의 수가 많기도 하지

만, 반드시 복수를 하기 때문이었다.

항구파는 아직 삼합회에 대해 많은 것을 알고 있지는 않았다.

그리고 자신들이 받은 자금을 다시 이들에게 돌려줄 이유도 없었고 말이다.

항구파가 삼합회에서 받은 자금은 항구파의 보스만 알고 있는 곳에 보관이 되어 있었기에 누구도 찾을 수가 없었던 것이다.

김철준은 지금 구치소에 있으면서 자신을 면회하려는 놈들을 생각하고 있었다.

"내가 이렇게 되었는데 나에게 자금을 가져가겠다고 빌어먹을 놈들 내가 죽어도 그렇게는 못한다. 그 자금은 나의 노후에 사용해야 하는 돈이니 말이다."

김철준은 비로 수감을 하고 있지만 그 안에서는 아주 편하게 생활을 하고 있었다.

조직의 보스이기 때문에 감옥으로 가도 그 안에서 그 지위를 인정을 받고 있기 때문이었다.

철준은 처음에 자신을 면회 온 놈이 바로 삼합회의 놈이라는 것을 알고 있었다.

그놈은 자신에게 비밀스럽게 자금의 문제에 대한 말을 하였지만, 철준은 절대 말을 하지 않았고, 그 다음부터는 아예 면회를 거부하고 있는 중이었다.

철준이 이러고 있으니 삼합회도 자금을 회수를 하지 못하고 있었다.

물론 이 실장도 마찬가지였고 말이다.

이 실장은 김철준을 만나려고 하였지만, 면회를 거부하고 있어 만날 수가 없었기에 결국 김철준의 개인 생활을 조사하게 되었다.

놈이 자금을 받았으면 분명히 어떤 장소에 묻어 두었을 것이라는 생각이 들어서였다.

은행 같은 곳에는 조폭들이 가장 싫어하는 장소였기에 그런 곳에는 보관을 하지 않는다는 것을 알고 있는 이 실장이었다.

이들은 현금을 좋아했고 바로 현찰 박치기를 선호하기 때문에 항상 현금으로 보관을 하기를 원하고 있었다.

이는 조폭들이 자주 도망을 가야 하는 일이 많았기 때문이다.

김철준의 생활을 조사하던 이 실장은 김철준의 명

의로 되어 있는 집을 찾게 되었다.

김철준은 유일하게 집을 한 채 자기의 명의로 했는데 아무도 모르게 하였기에 조직원들도 그런 철준이 자신의 명의로 집을 구했는지도 모르고 있었다.

"놈이 어딘가에 자금을 숨겨 두었다면 여기가 분명할 텐데 말이야."

이 실장의 추적은 그렇게 시작이 되었고, 바로 철준의 집으로 향하게 되었다.

철준의 집은 외곽에 있는 번듯한 양옥이었다.

아직 아무도 살지 않는지 집은 비어 있었는데 이 실장은 최근의 흔적을 찾고 있었다.

그런 이 실장의 눈에 흔적을 발견하게 되었다.

"그렇지. 놈이 분명히 여기를 다녀갔다."

이 실장은 흔적을 찾자 세심하게 흔적을 추적하였다.

미세하지만 흔적이 아직 남아 있었기 때문에 이 실장은 천천히 흔적을 쫓아 이동을 하였다.

흔적의 끝은 집의 지하로 이어지고 있었다.

그런데 지하로 내려가기 위해서는 열쇠가 있어야 하는데 이 실장은 열쇠를 가지고 있지를 않았다.

한참을 고민하던 이 실장은 결국 윤재에게 연락을 하게 되었다.

윤재에게는 다른 방법이 있을 것이라는 생각에서였 다.

드드드.

"여보세요?"

"사장님 항구파의 보스인 김철준의 흔적을 찾았는 데 그게 지하로 이어지고 있습니다. 그런데 지하를 막 고 있는 문에 자물통이 채워져 있어서 들어갈 방법이 없어서 연락을 드렸습니다."

"거기가 어디에요?"

윤재는 이 실장에게 위치를 전해 듣고는 바로 차를 타고 이동을 하였다.

윤재가 도착을 하자 이 실장은 밝은 얼굴을 하며 윤재를 반겼다.

"어서 오십시오, 사장님."

"후후, 내가 반가운 모양이네요. 이 실장님."

"하하하, 저는 사장님이 만능이라고 생각이 들어서 그렇습니다."

"후후후, 그래요? 자물통이 있는 곳이 어디에요?"

이 실장은 윤재를 안내하였고, 윤재는 지하로 내려가는 것을 막고 있는 자물통을 보게 되었다.

윤재는 자물통을 보고는 제법 단단해 보였지만, 내기를 이용하여 간단하게 자물통을 박살을 내 버렸다.

윤재는 손으로 그냥 잡아 비트는 것처럼 보였지만 그 안에는 강력한 내기의 움직임이 있었기 때문에 가능한 일이었다.

이 실장도 이제는 윤재가 내기를 사용하고 있는 고수라는 것을 알고 있었다.

하지만 이렇게 간단하게 자물통을 박살 낼 줄은 몰랐다.

"자, 들어가 보지요. 안에 무엇이 기다리고 있을지가 궁금해지네요."

"예, 사장님."

이 실장과 윤재는 지하의 문을 열고 안으로 들어갔다.

지하에는 커다란 금고가 있었는데 아마도 그 안에 자금을 보관하고 있는 모양이었다.

윤재는 금고를 보자 잠시 보았고 금고를 열 방법을 찾았다.

전자식으로 된 금고가 아니라 골동품처럼 다이얼로
돌리는 금고였다.

윤재는 그런 금고를 보며 품에서 작은 단검을 꺼냈
다.

그리고는 바로 검기를 만들었는데 검기를 이용하여
금고의 잠금 장치를 그대로 내려쳤다.

깡.

윤재의 단검과 금고 사이에서는 불똥이 튀었다.

"호오, 제법 단단한 금속으로 만들었네?"

윤재는 그렇게 말을 하고는 이내 검기가 아니라 검
강을 만들어 금고를 내려쳤다.

쩌정.

제법 시끄러운 소리가 들리면서 금고는 그대로 열
리고 있었다.

역시 검강에는 금속이 버티지를 못하는 모양이었다.

"열렸네요. 이제 무엇이 있는지 볼까요?"

윤재는 그렇게 말을 하고는 금고의 문을 활짝 열었
다.

금고의 안에는 상당한 양의 현금과 금들이 있었다.

그리고 제일 밑에는 작은 가방이 있었는데 윤재는

이상하게 가방에 있는 것이 궁금했다.

윤재는 가방을 꺼내 그 안에 들은 것을 확인해 보
니 절로 입가에 미소가 그려지고 있었다.

바로 무기명 채권이었는데 한 장에 일억이나 하는
채권이 다발로 있었다.

"이거 제법 돈이 되겠네요?"

이 실장은 금고를 보고는 그 안에 있는 것만도 천
억은 넘어 보였기 때문에 조금 놀라고 있었다.

그런데 가방에 있는 채권을 보는 순간 정말로 놀라
고 말았다.

"아니, 항구파는 도대체 이 많은 자금을 어디서 구
한 거랍니까?"

"아마도 중국 놈들이 준 자금이겠지요. 채권을 보
니 모두 미국 거네요."

국채이기 때문에 시간이 지나도 문제가 없는 물건
이었다.

언제든지 현금과 교환을 할 수 있는 물건이라 걱정
이 없었다.

윤재는 금고에 있는 것들을 모조리 가지고 갈 생각
이었다.

이런 공짜를 그냥 두고 간다는 것은 멍청한 놈이나 하는 짓이라고 생각하고 있었다.

"이 실장님 모두 챙기지요."

"아, 예, 사장님."

이 실장은 가지고 온 보따리에 금고의 물건들을 모두 담았다.

금이 제법 있어 이 실장이 들기에는 무거웠지만 윤재는 가뿐하게 들었다.

"이제 갑시다."

"하하하, 사장님이 그렇게 말씀하시니 이거 우리가 우리 물건을 가지고 가는 것 같습니다."

이 실장은 윤재가 하는 행동을 보며 웃고 말았다.

"이 실장님 여기 있는 것들은 모두 제 것입니다. 되놈들의 돈은 모두 내 돈이지요. 하하하."

윤재는 그렇게 웃으면서 밖으로 나가고 있었다.

이 실장은 그런 윤재를 보며 피식 실소를 짓고 말았다.

그러면서 한 가지 배운 것이 있었는데 바로 되놈들의 돈은 모두 윤재 거라는 것을 말이다.

김철준은 자신이 비밀리에 보관을 해 두었던 자금

이 사라진 사실을 모르고 아직도 면회를 거부하고만 있었다.

결국 면회를 하지 못한 삼합회에서는 화를 내게 되었다.

"누구를 보내야 하나?"

"제가 알아보겠습니다. 놈을 안에서 처리하실 생각이십니까?"

"그래, 자금을 포기하는 한이 있어도 놈을 그대로 둘 수는 없는 일이지 않나."

"알겠습니다. 제가 준비를 해서 보내겠습니다."

삼합회는 결국 김철준을 제거 하는 것으로 결정을 내렸다.

이는 철준만 제거를 하는 것이 아니라 이영훈도 이진용의 지시로 제거를 하라는 지시가 내려지고 있었다.

중국인과 같이 움직였던 놈들의 최후는 그렇게 정해지게 되었다.

윤재는 대한회의 무인들이 이제는 제법 실력이 성장을 하여 조금 쓸 만하다고 생각이 들 정도가 되자 본격적으로 움직이기로 하였다.

인천에 조직에 대한 계보를 이미 확보하였기 때문에 가장 가까운 조직부터 찾아가서 일일이 박살을 내주고 있었다.

인천과 부천은 윤재가 직접 관리를 하기 시작하였고, 그 일은 다른 조직들에게도 알려지게 되었다.

"인천에 있는 자가 번개라고 합니다."

"번개라면 비룡파를 박살 낸 인물이 아니냐?"

"예, 아마도 인천에 자리를 잡은 모양입니다."

"흠, 인천에 터를 잡으면 상관이 없지만 서울로 오게 되면 우리도 힘들 수가 있지 않나?"

"솔직히 그렇기는 하지만 제가 보기에 인천만 관리를 할 생각으로 보이니 우선은 그냥 지켜보는 것이 좋겠습니다. 인천에 항구파가 박살이 나면서 솔직히 지금의 인천은 거의 조직이 없는 것이나 마찬가지이니 말입니다."

"하기는 그러면 우리는 다른 행동을 하지 않고 그냥 보고만 있기로 한다."

서울의 조직들은 윤재가 인천에 자리를 잡으려고 하는 것으로 보고 그냥 보고만 있었다.

하지만 일부의 조직은 윤재의 소식을 듣고는 바짝

긴장을 하게 되었다.

이들은 천무단과 과거의 인연이 있어 윤재의 실체를 알고 있었기 때문이다.

이들도 긴장을 하고는 있지만 윤재가 조직과는 그리 어울리지 않은 사람이라는 것을 아는지 우선은 보고만 있었다.

인천은 그렇게 윤재가 통일을 하게 되었고, 인천과 부천의 모든 조직들을 모두 통합을 하여 하나의 단체를 만들었다.

바로 인천파라고 하며 모두를 그 안에 속하게 하였다.

이들을 관리하는 사람은 바로 무인들이었다.

물론 대가리들만 관리를 하고 있었는데 무인들의 실력을 알고 있는 조직원들은 감히 무인들에게 대항도 하지 못할 정도로 무서워하고 있었다.

그리고 더욱 불안한 것은 바로 무인들의 대장이 바로 소문의 번개라는 윤재였기 때문이었다.

번개가 인천을 관리하기 위해 조직을 통합한다는 소문이 돌았고, 그로 인해 인천은 순식간에 통합을 하게 되었다. 조직들도 전과는 다르게 통합에 순응을 하기 시작했다.

인천파는 그렇게 탄생을 하게 되었고 대한회는 인천파의 간부들만 관리를 하기 시작했다.

"사범님 드디어 모든 통합을 하게 되었습니다."

"그래, 모두들 수고가 많았다. 이제부터 인천은 우리 대한회가 직접 관리를 하게 될 것이다. 조직이라고 해서 나쁘게만 생각지 말고 저들도 인간이라는 생각을 하고 간부들을 철저하게 관리를 해야 한다. 간부들만 관리를 하면 그 밑에 있는 놈들은 자동으로 관리가 되기 때문이니 이 점을 항상 기억을 하고 있어라."

"알겠습니다. 사범님."

윤재는 인천의 조직을 통합하여 이천에서 일어나는 모든 범죄를 예방하고자 하고 있었다.

이미 조직이 통합이 되었으니 이제 인천과 부천에서는 그 어떤 조직도 없었다.

있다면 동네 양아치들이었는데 그런 놈들이 감히 떠들고 다니지는 못하기 때문에 인천파는 순식간에 거대한 조직으로 자리를 잡게 되었다.

문제는 인천파에 속해 있는 사람은 많은데 그 실력

들이 형편없다는 것이 문제였다.

나중에 조직 간의 전투도 일어날 수가 있는데 저런 실력으로는 전투를 하기도 전에 박살이 날 것 같다는 생각이 든 윤재는 인천파에서 제법 근골이 있고, 재능과 근성이 있는 놈으로 골라 행동대를 따로 조직을 하게 하였다.

그리고 이들은 무인들에게 특별한 교육을 하게 만들었다.

싸움의 기본은 선방이었고, 특별하게 하는 교육이란 다른 것이 아니고 싸울 수 있는 방법과 근성을 키우는 일이었다.

제법 순발력을 가지고 있기는 하지만 그 방법을 몰라 아직도 형편없는 실력을 가지고 있는 놈도 있어서 윤재는 인재들은 있지만 실력이 없다고 보였다.

그래서 방법과 실력을 키우게 되었고 행동대는 인천파의 주력으로 성장을 하게 될 것이라는 믿고 있었다.

번개가 인천을 관리한다는 소문은 전국을 돌았고 아무도 인천이 있는 곳으로는 올 생각도 하지 않았다.

이들은 인천의 항구파도 번개의 작업으로 망하게

되었다고 생각이 되었기 때문이다.

"사장님, 이제 조직도 완전하게 정리를 하셨으니 중국놈들을 어찌하실 생각이십니까?"

"놈들을 보내기는 해야 하는데 지금 건드리면 놈들도 제법 반항을 할 것 같아 적당한 시기를 보고 있는 중입니다."

아직 인천에는 검경의 눈치를 보아야 하는 시기였기에 윤재도 최대한 조심을 하고 있는 중이었다.

이영훈을 통해 이제 인천의 검경의 눈초를 사라지게 하라는 지시를 내리기는 했지만 아직은 시간이 필요했다.

"사장님의 명성 때문에 다른 조직들이 인천이 있는 방향으로는 눈도 돌리지 않고 있다는 소문이 돌고 있습니다. 아마도 저들도 사장님의 정체를 어느 정도는 알고 있는 것 같습니다."

"알고 있어도 상관이 없습니다. 인천으로 오는 놈들은 절대로 그냥 둘 생각이 없으니 말입니다."

윤재의 대답에 이 실장은 윤재가 인천은 확실하게 관리를 할 생각이라는 것을 느꼈다.

그리고 윤재의 말대로 인천을 확실하게 관리를 하

면 다른 범죄가 더 줄어들 수도 있다는 생각이 들었다.

그만큼 윤재는 대단한 존재였기 때문에 가능한 일이었다.

인천파의 소식을 기대하는 조직들이 많았지만 인천파에 속해 있는 놈들은 모두가 기밀이라고 하면서 입을 닫고 있어 실질적인 인천파에 대한 이야기는 전달이 되지 않고 있었다.

그리고 가장 중요한 것이 인천에서는 이제 마약과 인신매매가 점점 사라지고 있다는 것이다.

검경도 인천파가 스스로 그런 일들을 자제를 하고 있고, 그런 물건을 취급하는 놈들을 다른 지역으로 내쫓고 있다는 보고에 당분간은 인천파의 행보를 주시만 하고 있었다.

전과는 다른 행동을 하고 있었기 때문이기도 하지만, 이영훈의 당부가 있어서 검찰도 인천파를 보고만 있었다.

인천이 통일이 되고 대박 건설은 나날이 고공행진을 하게 되었는데 이제는 더 이상 대박건설이 하는 일에 딴지를 거는 놈들이 없었기 때문이다.

드드드드.

"오빠, 오늘도 바빠요?"

"오늘은 집에 들어갈 거야."

"아빠가 오빠를 좀 보았으면 하셔서요."

은주의 아버지는 퇴원을 하였지만, 아직은 아내와
아이들이 만류를 하는 바람에 일을 다니지 못하고 있
었다.

이는 최동민이 오랜 세월을 병 때문에 고생을 하였
기 때문에 다시는 그런 일이 생기지 않게 하려는 가족
들의 따스한 정이었다.

"알았어, 오늘은 인사를 드리러 갈게."

"정말이요? 언제 오실 거예요?"

"퇴근하고 바로 갈게."

"알았어요. 그러면 그렇게 알고 엄마에게 이야기를
할게요."

은주는 윤재가 집으로 인사를 온다고 하자 기쁨의
감정을 그대로 노출이 되었다.

윤재는 그런 은주를 생각하며 입가에 미소를 지었
다.

윤재가 그렇게 즐거운 미소를 지을 때 구치소에서

는 난리가 났다.

바로 김철준이 사망을 하였기 때문이었다.

"당장 같은 방에 있는 자들에 대한 조사를 하고 누가 무슨 이유로 그런 짓을 하였는지를 알아내야 할 거야."

구치 소장은 자신이 근무를 하는 곳에서 사망자가 발생하였다는 보고를 받자 화가 나고 성질이 나서 발광을 하고 있었다.

구치소에는 비상이 걸렸고, 철준이 있던 방의 사람들은 모두 조사를 받게 되었다.

하지만 방에 있던 사람들은 평소에도 철준에게 감히 항의도 하지 않았던 이들이기 때문에 아무리 조사를 해도 나오는 것은 없었다.

결국 철준의 시체를 검사하는 방법밖에는 없었는데 아직 검사 결과가 나오려면 시간이 걸려야 했다.

구치소 안에서 사람이 죽는 경우는 누군가가 살인을 하였거나 아니면 서로 싸움을 해서 죽을 수가 있었는데, 김철준은 항구파의 보스로 감옥에서도 상당한 대접을 받고 있는 인물이었는데 그런 자가 죽은 것이다.

아직 검사 결과는 나오지 않았지만 대부분은 독극물로 인해 죽은 것으로 보고 있었다.

그렇지 않으면 어제까지 멀쩡하던 김철준이 죽을 이유가 없었기 때문이다.

구치소의 죽음과는 다르게 또 하나의 죽음이 한국을 강타하고 있었다.

바로 여당의 실세라고 하는 이영훈의 죽음이었다.

집에서 조용히 죽은 시체로 발견이 되었는데 이는 김철준의 상태와 매우 흡사하게 죽었기 때문이었다.

"이거는 청부살인이다. 그렇지 않고는 절대 일어날 수가 없는 일이다."

두 사람의 사인이 같은 것으로 나오자 세상의 인물들은 청부살인으로 생각을 하게 되었는데 한 가지 이해가 가지 않는 것이 둘의 관계였다.

이영훈이 항구파의 보스와 무슨 관계인데 같은 이들에게 살해를 당해야 했을까라는 의문이었다.

한편 여당의 인물들은 이영훈이 살해를 당하자 강력하게 대처를 하고 있었다.

이는 여당의 정치인들이 모두 일치단결을 하여 움

직이기 시작했기 때문이다.

전국에는 갑자기 검문이 강화가 되었지만 범인은 오리무중이었다.

윤재는 이영훈이 살해를 당했다는 소식을 듣고는 조금 놀라기는 했다.

하지만 윤재는 이영훈을 죽인 놈들이 아마도 중국 놈들이라는 것을 알 수가 있었다.

놈들은 이영훈에게 엄청난 자금을 주었기 때문에 갑자기 달라진 이영훈의 태도를 보고는 아마도 배신을 생각하였기 때문에 저렇게 죽인 것으로 생각이 들었다.

"결국 죽을 놈은 어떻게 하든지 죽게 되네."

윤재로서는 영훈이 죽은 것에 아무런 타격이 없었다.

이미 인천파는 이제 천천히 자리를 잡아가고 있었고 검경과도 좋은 관계를 유지하고 있는 중이었기 때문이다.

그리고 이영훈의 막대한 자금은 이미 윤재의 품으로 들어와 있었기 때문에 중국놈들이 아무리 찾으려고 해도 찾을 수가 없는 그런 자금이었다.

물론 윤재가 그런 짓을 했다는 증거도 없었고 말이다.

중국의 입장에서는 돈만 날린 꼴이 되었다는 말이었다.

인천의 삼합회는 요즘 자신들이 움직임에 제동이 걸리고 있는 것이 불 같이 화를 내고 있었다.

"아니, 인천파에 있는 놈들이 왜 우리를 못 잡아먹어서 그러는 거냐?"

"아마도 우리가 중국인이기 때문에 그러는 모양입니다. 여기는 한국이지 중국이 아니라고 하면서 텃세를 부리고 있습니다."

"여기가 한국이라는 것을 모르는 놈들도 있는가? 우리는 저들과 싸우려고 여기에 온 것이 아니지 않느냐?"

"지금 인천파에서는 사사건건 시비를 걸고 있는 중입니다. 그리고 검경도 그런 인천파를 응원하는 것인지 저들에 대해서는 아무런 제제를 가하지 않고 있습니다."

검경이 그러는 이유는 이들이 중국의 삼합회라는 것을 알고 있기 때문이었다.

인천파는 삼합회가 인천에 자리를 잡는 것을 반대하기 때문에 지금 삼합회를 인천에서 떠나게 하려고 한다는 보고를 받고는 그냥 주시만 하고 있는 중이었다.

이런 문제는 검경이 나서는 것 보다는 인천파에서 알아서 처리를 하는 것이 더 좋다고 판단을 하였기 때문이었다.

"도대체 총 본에서는 무슨 생각을 하고 있다고 하냐? 여기 상황을 보고를 하였는데 아직도 별다른 지시가 없다는 것이 말이 된다고 생각하나?"

"저도 모르겠습니다. 총 본에서는 한국에 대한 미련을 버리고 있는 것이 아닐까요?"

다른 곳은 몰라도 한국은 제법 시장이 큰 나라였는데 그런 곳에 거점을 만드는 일이었는데 아무런 지원을 해 주지 않으니 남자는 정말 미칠 것만 같은 기분이었다.

그때 남자의 품에 있는 핸드폰이 울렸다.

남자는 빠르게 핸드폰을 꺼내 확인을 해 보니 한 통의 문자가 와 있었다.

"역시 총 본에서 우리를 버린 것은 아니다. 내일

자정에 물건이 도착을 한다고 하니 철저하게 비밀을 유지하고 물건을 차질 없게 인수를 하라고 해라."

"총 본의 지원입니까?"

"그렇다. 이번에는 제법 많은 물건들이 들어온다고 하니 기밀을 유지해야 한다."

"알겠습니다. 바로 조치를 취하겠습니다. 그리고 축하드립니다."

드디어 총 본에서 한국 지부를 만들기로 결정을 하지 않았으면 이런 지원을 하지 않았을 것이기 때문에 하는 소리였다.

일개 지부에 불과하지만 그 지부장을 하려고 하는 이들은 삼합회에서도 엄청나게 많았다.

그리고 총 본으로 입성을 하려면 최소한 지부장의 타이틀은 가지고 가야 출세를 할 수가 있었기 때문에 남자가 이렇게 목을 매고 있었던 것이다.

인천 삼합회의 움직임을 주시하고 있는 인천파는 이번에 놈들이 조금 이상한 기미를 느끼게 되었다.

이는 바로 보고가 되었고 윤재에게도 보고가 되었다.

"사장님 지금 놈들의 움직임이 이상하다는 보고입

니다."

"응? 무슨 소리입니까? 이상하다니요?"

"아마도 놈들이 지원을 받을 물건이 오는 모양입니다. 보고에 의하면 저들의 움직임에 수상하다는 내용이 가득합니다."

지원이라면 분명히 밀수였고, 윤재는 이런 기회를 노리고 있었다.

밀수를 하려는 물건은 마약이거나 아니면 총기류였기 때문이다.

한국이라고 해서 총기가 없는 것은 아니었다.

이들처럼 밀수를 하여 조용히 풀어 놓으면 총기는 은밀히 거래가 되고 있었다.

"이 실장님 잘되었네요. 이번에 놈들을 확실하게 보내 버리죠."

"예? 어떻게 말입니까?"

"이번 일은 검찰에 은밀히 정보를 보내세요. 그리고 절대 기밀을 유지해야 한다는 말을 전하세요. 우리 인천파에서도 움직일 것이고, 검경이 함께 단속으로 하게 되면 아마도 놈들을 이번에 빼도 박도 못하고 당하게 될 겁니다. 밀수 품목이 마약이나 총기류라면 놈들은 절대 한국에 남아 있을 수가 없을 겁니다."

윤재의 이야기를 들은 이 실장은 놀라고 있었다.

검경에는 이번 밀수에 대한 실적이 생기게 되고, 인천파는 그런 검경과 합작을 하였으니 앞으로 검경의 눈치를 보지 않아도 되는 일이기 때문에 이거야말로 일거양득의 기회라는 생각이 들었다.

"알겠습니다. 제가 확실한 판을 짜도록 하겠습니다. 사장님."

"기대하고 있겠습니다, 이 실장님."

윤재는 그렇게 지시를 하고는 은주네 집으로 가고 있었다.

은주네 집에 도착한 윤재의 손에는 가벼운 선물이 들려 있었다.

벨을 누르자 은주가 바로 나왔다.

"오빠, 어서 오세요."

은주의 얼굴에는 기쁨이 가득하였다.

"아버지는 안에 계시지?"

"예, 오빠를 기다리고 계세요."

윤재는 그렇게 안으로 들어가게 되었다.

거실에는 은주네 식구들이 모두 모여 있었다.

윤재는 은주의 아버지를 보며 바로 큰절을 하였다.

"아버님 사위의 절을 받으십시오."

윤재는 바로 사위라고 하며 최동민에게 큰절을 하였다.

최동민은 윤재가 갑자기 바로 큰절을 하자 조금 놀라기는 했지만, 남자라면 저 정도의 배짱은 있어야 한다고 생각이 자신도 모르게 입가에 미소를 지었다.

은주는 아버지에게 큰절을 하는 윤재를 보다가 아빠의 얼굴을 보게 되었는데 입가에 미소를 보자 마음이 놓였다.

혹시나 하는 마음이 있었는데 아빠가 좋아하는 것 같아 은주도 기분이 좋아졌다.

"매형은 언제 보아도 정말 시원시원해서 좋아요."

은주의 동생 철원은 윤재를 보며 항상 그런 생각이 들었다.

그리고 이제 철원도 윤재를 매형이라는 호칭으로 부르고 있었다.

그만큼 윤재는 이들 가족들에게 가까운 존재로 인식이 되고 있다는 이야기였다.

철원도 윤재가 사심을 가지고 은주에게 접근을 한 것이 아니라 진심으로 누나를 사랑해 주고 있다는 것을 알고는 자신도 진심으로 윤재를 대하고 있게 되었다.

"아니, 결혼도 하지 않았는데 벌써 매형이냐?"

최동민은 아들이 부르는 호칭을 듣고는 놀란 얼굴을 하며 물었다.

자신의 아들이 솔직히 조금 까칠한 성격을 가지고 있어서 걱정을 하였는데 지금 보니 자신이 혼자 그런 생각을 하고 있었다는 생각이 들어서였다.

"에이, 아버지도 요즘 결혼을 하기 전에도 그런 소리는 해요. 그리고 솔직히 누나가 매형의 집에서 자고 올 때도 있는데 그렇게 부르지 않으면 무엇이라고 불러요?"

철원은 말에 은주는 당황을 하고 말았다.

"야! 최철원! 내가 오빠네 집에서 언제 잤다고 그러니?"

"에이, 누나 그제도 자고 왔으면서 그러네?"

은주는 동생의 말에 얼굴이 붉어졌다.

은주의 아버지인 최동민은 그런 은주를 보며 물었다.

"너희들 설마 결혼도 하기 전에 아이를 가지려고 하는 거니?"

"아빠! 정말 그렇게 해요?"

은주도 반발이 생겼는지 그렇게 하려는 마음이 생겼다.

"하하하, 그러면 나야 좋지 벌써 손주가 보고 싶었는데 말이다. 그러면 언제 가지는 거냐?"

최동민은 이미 윤재를 사위로 인정을 하고 있었기에 하는 소리였다.

다만 은주가 보이는 반응이 재미가 있어 조금 놀려주고 싶어서 장난을 치고 있었지만 말이다.

은주의 엄마는 가족들의 분위기를 보고는 입가에 미소를 지으면 중간에 나서게 되었다.

"이제 그만하세요. 은주도 부끄러워하고 있잖아요."

"허허허, 저 녀석이 이렇게 커서 시집도 간다고 하니 이상해서 말이요."

아버지의 말속에는 진한 사랑이 담겨 있었다.

자식이 결혼을 하게 되면 느껴지는 씁쓸함과 부모의 정 같은 것이 느껴지게 하고 있었다.

윤재는 그런 은주네 가족들과 즐거운 시간을 보낼 수가 있었고, 이제는 확고하게 은주의 신랑으로 대우를 받고 있었다.

식사를 마치고 다시 거실로 와서 자리를 잡자 윤재는 조심스럽게 말을 했다.

"저기 아버님 이번 해에 은주와 결혼을 하고 싶습니다."

"결혼은 이미 승낙을 한 것이지만 날짜를 아직 잡지 않아서 그런가?"

"예, 저는 하루라도 빨리 가정을 가지고 싶습니다."

윤재가 고아라는 사실을 이미 알고 있었기에 최동민은 잠시 생각을 하는 눈치였다.

"여보, 그렇게 해요. 이 서방이 당신이 일어서면 은주와 결혼을 하고 싶다는 이야기를 많이 했어요."

아내의 말에 최동민은 고개를 들어서 윤재를 보았다.

'"그렇게 하게. 그런데 자네에게는 미안하지만 우리가 은주에게 해 줄 것이 없다네."

최동민이 망설인 이유가 바로 그런 문제 때문이라

는 것을 알게 되자 윤재는 그런 동민에게 품에서 통장을 하나 꺼내 놓았다.

"아버님 제가 이런 짓을 한다고 화를 내지 마시고 받아 주십시오. 저는 은주의 식구들이 저에게는 가장 소중한 가족이 되었습니다. 그리고 앞으로도 저는 부모님처럼 생각하고 모시고 싶습니다."

윤재의 말에 최동민과 다른 가족들도 모두 놀라고 있었다.

설마 윤재가 이런 생각을 하고 있을 줄은 이들도 몰랐기 때문이었다.

특히 은주의 어머니는 감격을 하는 눈빛을 하며 윤재를 보며 눈물을 흘렸다.

최동민도 놀라고 있었지만 내심 정말 사위를 잘 얻었다는 생각을 하게 되었다.

"자네가 그런 생각을 하고 있는지를 몰랐네. 그 마음은 고맙게 받겠지만 당분간은 떨어져서 살다가 나중에 다시 이야기를 하도록 하세. 그리고 이거는 잘 받겠네."

통장의 내용을 확인을 하지는 않았지만 아마도 은주가 결혼을 하려는데 필요한 돈이 없을 것이라는 생각을 하고 받은 것이다.

부모가 되어 딸이 시집을 가는데 아무것도 해 주지 못하는 심정이야 오죽하겠는가 말이다.

최동민은 부끄럽지만 이 돈을 받아서라도 은주에게 무언가를 해 주고 싶어서 받은 것이다.

윤재는 그렇게 일사천리로 일을 해결하고는 다시 나가게 되었다.

이 실장과 우선 먼저 해결을 해야 하는 일이 있었기 때문이었다.

윤재가 가고 은주네 가족들은 얼굴이 환한 미소를 짓고 있었다.

최동민은 문득 통장을 열어 보았고 그 눈에는 놀라움이 가득했다.

"어?"

"왜 그러세요?"

은주의 어머니는 남편이 통장을 보고 놀라는 표정을 하자 궁금해서 보게 되었고, 은주 어머니도 마찬가지의 얼굴이 되고 말았다.

결국 은주네 가족들은 모두 통장을 보게 되었고 이들은 한동안 공항상태가 되어 버렸다.

통장의 안에는 무려 삼억이라는 돈이 들어가 있었기 때문이었다.

은주는 그런 큰돈을 부모님에게 주었다는 것에 윤재에 대한 사랑이 더욱 커지고 있었다.

윤재는 이 실장과 통화를 하고 있었다.

"사장님 오늘 밤에 물건이 오는 모양입니다."

"아직 시간은 알지 못하지요?"

"대강 놈들이 움직임을 보니 자정 정도가 될 것 같습니다."

"그래요? 그런데 검찰에는 연락을 하셨어요?"

"이미 은밀히 정보를 주었습니다. 오늘 밤에 엄청난 양의 물건들이 밀수가 된다고 하자 검찰과 경찰에서 지금 빠르게 대처를 하고 있습니다."

윤재는 삼합회를 완전하게 박살을 내는 방법이라고 생각하고는 더욱 신중하게 일을 처리하고 있었다.

"무조건 오늘 확실하게 놈들을 모조리 잡아야 합니다. 그래야 놈들이 다시는 인천에 발을 들이지 못하게 되니 말입니다."

"이미 행동대원들과 대한회에서 저들이 도망을 가지 못하게 포위를 하고 있습니다."

인천파의 정예라고 할 수 있는 모든 인원들이 모였다는 말이었다.

"수고하셨습니다. 나도 지금 바로 그쪽으로 가고 있으니 바로 시작을 할 수 있을 겁니다."

"알겠습니다. 사장님."

윤재는 차가운 미소를 지으며 삼합회를 생각했다.

"감히 내가 있는 인천으로 온 것이 너희들에게는 불행이라고 생각해라."

윤재는 그렇게 말을 하고는 장소로 이동을 하였다.

자정이 되자 바다에서는 불빛이 반짝이고 있었다.

그러자 육지에서도 같은 신호가 갔고 잠시 후에 배가 천천히 육지로 오고 있었다.

사위는 어둠이 자욱하게 깔려 있어 주변을 살피는 것도 힘들 지경이었다.

배가 도착을 하자 남자들이 대거 몰려들었다.

"어서 오시오."

"하하하, 진 대형은 아직도 정정하십니다."

"그래, 물건은 모두 가지고 온 것이오?"

"예, 이번에 총 본에서 제법 많은 양을 지원하라고 해서 제가 조금 더 챙겼습니다."

이들은 삼합회 총 본에서 지원을 온 인물들이었다.

이들이 물건을 모두 받아 차량으로 옮기려고 할 때 갑자기 사방에서 불이 켜지기 시작했다.

"너희들은 포위되었다. 무기를 버리고 항복을 해라."

검경의 인물들이 사방을 포위하고 이들에게 항복을 강요하고 있었다.

"이런, 제기랄. 경찰이 어떻게 이 사실을 알고 은신하고 있는 거야? 모두 피해라."

진 대형이라는 자의 지시로 이들은 물건들을 가지고 도망을 가려고 하였다.

놈들이 움직이려고 하자 경찰도 그런 놈들을 향해 사격을 시작하였다.

"놈들이 움직인다! 발사하라!"

타타타탕.

경찰의 사격에 놈들도 바로 사격을 하고 있었다.

이들은 이미 총기를 가지고 있었지만, 사용을 하지는 않았는데 오늘은 죽거나 아니면 도망을 가야 하니 망설이지 않고 총기를 사용하고 있었다.

그중에 한 트럭이 출발을 하였는데 이는 윤재가 있는 위치로 가고 있었다.

경찰은 차량이 가는 것은 이미 인천파가 책임을 지겠다고 하였기 때문에 신경을 쓰지 않았다.

항구를 떠나는 모든 차량은 인천파의 정예들이 싸그리 잡아들였다.

무인들이 있으니 운전을 하고 있는 이들 정도는 가볍게 제압을 하였던 것이다.

인천파와 검경의 협조로 인해 인천에서 대규모 마약과 총기류를 밀수하는 현장을 잡았고 이들은 중국의 삼합회라는 것이 밝혀지게 되었다.

한국의 매스컴에서는 연일 이번 사건에 대한 뉴스를 발표하였고, 그로 인해 전 세계에 삼합회에 대해 알려지고 말았다.

윤재가 있는 인천파는 마약을 거래하지 않기 때문에 이번 사건으로 인해 상당히 유명세를 타게 되었다.

정의로운 건달 조직이라는 이름을 받은 인천파의 건달들은 어깨에 절로 힘이 들어가고 있었다.

인천파는 이제 명실상부한 전국구 조직으로 이름을 올렸고, 이제는 인천에서는 인천파의 지시를 어기는 놈들은 없어졌다.

대박 건설은 나날이 고속으로 성장을 하고 있지만

윤재의 지시로 인해 인천이나 경기지역의 발전만 하는 선에서 성장을 하고 있었다.

물론 윤재는 은주와 결혼식을 올렸고 말이다.

윤재의 결혼식장에서는 엄청난 인파가 몰렸는데 대부분이 이상하게도 검찰과 경찰 쪽의 고위층 사람들이었다.

〈『대박인생』 完〉

대박인생

1판 1쇄 찍음 2014년 2월 18일
1판 1쇄 펴냄 2014년 2월 21일

지은이 | 차지혁
펴낸이 | 정 필
펴낸곳 | 도서출판 **뿔미디어**

편집장 | 이재권
기획 · 편집 | 윤영상
편집디자인 | 이진선

출판등록 | 2002년 9월 11일 (제1081-1-132호)
주소 | 경기도 부천시 원미구 상동로 117번길 49(상동) 503호 (우)420-861
전화 | 032)651-6513 / 팩스 032)651-6094
E-mail | bbulmedia@hanmail.net
홈페이지 | http://bbulmedia.com

값 8,000원

ISBN 979-11-7003-271-7 04810
ISBN 978-89-6639-717-4 04810 (세트)

http://www.bbulmedia.com